學・說・

普通話 3

◎梁道潔主編

◎萬里機構・萬里書店出版

學說普通話(3)

主編
梁道潔

編寫
李啟文　彭康　鄭文瀾　梁道潔

校閱
孫雍長

策劃
劉烜偉

編輯
楊青柳　劉毅

出版者
萬里機構‧萬里書店
香港鰂魚涌英皇道1065號東達中心1305室
電話：2564 7511　傳真：2565 5539
網址：http://www.wanlibk.com

發行者
香港聯合書刊物流有限公司
香港新界大埔汀麗路36號中華商務印刷大廈3字樓
電話：2150 2100　傳真：2407 3062
電郵：info@suplogistics.com.hk

承印者
美雅印刷製本有限公司

出版日期
二〇〇八年七月第一次印刷（平裝）

本書由廣東世界圖書出版公司授權出版發行

出版説明

　　"萬里有聲叢書"是學習語言的輔導讀物，自六十年代迄今，已出版了數十種讀本，語種包括英語、日語、法語、德語、葡語、韓語、泰語以及中國的廣州話和普通話等。發聲媒體亦由軟膠唱片演變成錄音帶再演變成今天的CD碟。規模較大的有《英語通》(全套7冊) 和《日語通》(全套4冊)，其餘大部分為單行讀本，種類較多，內容深淺各異，適合不同的讀者。有聲叢書中有部分讀本的錄音帶和CD碟還配有粵語或普通話，學習起來更見方便。

　　"萬里有聲叢書"由專家把關，各書編寫認真，注重學習實效，課文內容豐富，與日常生活息息相關。示讀發音清晰、標準。讀者可根據自己的水平和需要選購，按書多讀、多聽、多練、多比較，便可切實提高所學語言的實際應用能力。

萬里機構編輯部

前言　● ● ● ● ●

1996年以來我們一直負責為廣東電視台《學講普通話》節目供稿，在高校又從事語言教學多年，希望這些小小的積累能幫助我們把書寫好。

書的內容按衣、食、住、行、工作、學習等不同生活領域編排，並參照國家語委審定的《普通話水平測試大綱》的要求，編寫了測試練習。按照循序漸進的原則，我們將普通話語音、詞彙、語法規律等常識內容安排在各情景課文當中。編寫體例，介乎"會話手冊"和"課本"之間，以適應三方面的讀者需要：1.想學一點普通話方便工作和生活；2.學好普通話，以後準備通過國家普通話水平測試；3.作為普通話學習班教材。

這套書共分四冊，課文二百多篇，每篇課文包括四部分：情景對話、詞語、知識要點、練習。情景的設置主要是幫助讀者體會一些多義詞、同義詞及各種句型的運用，讓讀者能在語境中學習語言。情景對話中出現的詞語一般圍繞一個中心；知識要點主要是指出規律，幫助讀者舉一反三；練習是配合知識要點設計的，希望通過精簡的訓練起到鞏固知識的作用。課文的普通話註音，依據《漢語拼音方案》，詞語的拼寫，以《現代漢語詞典》和《漢語拼音正詞法基本規則》為依據。

本書的編寫，我們有幾個基本的想法，希望做到：1.實用性與知識性相結合。情景對話是以實用為原則而編寫的，知識要點和每冊書的專題部分，是突出規律和帶有小結性的。2.普及與提高相結合，本書考慮到不同讀者的需要，大部分內容是跟現實生活、工作、學習緊密結合的，但又盡量向《普通話水平測試大綱》的要求靠攏，並設置了測試練習，練習的內容大多是突出規律性的，可幫助讀者系統地鞏固普通話知識，測試自己的普通話水平，同時也為在特定崗位工作的人，如教師、播音員、演員等，以後接受國家普通話水平測試打下一定的基礎。3.學習語言與了解社會相結合。課文內容涉及了社會生活的方方面面，香港讀者在學習語言的同時，還可以了解到在內地辦各種事情的大致手續以及內地的民情習俗等。

這套書是集體完成的。梁道潔負責全書的集體設計和統改、定稿。李啟文、彭康、鄭文瀾負責全書二百四十篇課文的撰寫。各冊書後面的專題部分，即"普通話語音概說""普通話水平測試練習""普通話與粵語的比較"，則由梁道潔撰寫。本書特請廣州師院語言研究所所長孫雍長教授校閱。

本書的編寫，得到廣州師範學院的大力支持，在此謹表謝忱。

目錄

附　錄

禮儀交往

第一課　問　候

1. 情景對話

王先生：
Lǐ xiānsheng zǎoshang hǎo
李　先　生，早　上　好！

李先生：
Zǎoshang hǎo Wáng xiānsheng
早　上　好，王　先　生！

王先生：
Zánmen hěnjiǔ méiyǒu jiànmiàn le nín shēn tǐ hǎo
咱　們　很久　沒有　見　面　了，您　身　體　好
ma
嗎？

李先生：
Hái hǎo xièxie Nǐ ne
還　好，謝謝！你　呢？

王先生：
Wǒ yě tǐng hǎo Nín chī guo zǎofàn le ma
我　也　挺　好。您　吃　過　早飯　了　嗎？

李先生：
Gāng chīguo le Zuìjìn gōngzuò máng bu máng
剛　吃過　了。最近　工　作　忙　不　忙？

王先生：
Hái bùsuàn hěnmáng
還　不算　很忙。

李先生：
Bié tài xīnkǔ le yào zhùyì shēn tǐ cái hǎo
別　太　辛苦　了，要　注　意　身　體　才　好。

王先生：
Bùyào jǐn wǒ dōu xíguàn le xièxie nín de guānxīn
不要　緊，我　都　習慣　了，謝謝　您　的　關心。

李先生：
Bùyòng kè qi
不用　客氣。

1

2. 詞語

早上好 zǎoshanghǎo，早安 zǎo'ān	早晨
晚安 wǎn'ān	早唞
謝謝 xiè xie	有心，多謝
注意 zhùyì，小心 xiǎoxīn	顧住
很久 hěnjiǔ	好耐
最近 zuìjìn，近來 jìnlái	呢排

3. 知識要點

粵語和普通話"早晨"的不同用法。

普通話"早晨"只用作時間名詞，指早上。粵語"早晨"有兩種用法，都與普通話不同。通常作為早上問好的慣用問候語，這一用法在普通話應説成"早"、"早安"或"早上好"，而絕不能照樣説"早晨"；粵語"早晨"另一用法是用作形容詞，表示時間早，這一用法普通話也不能説"早晨"，應該説"早"，如粵語"咁早晨嘅，去邊呀?"普通話則應説"這麼早，到哪去呢?"只有粵語表示早上時間的"朝早"、"朝頭早"，普通話才説"早晨"。

4. 練習

把下面的粵語説成普通話。

①早晨，老李！咁早晨嘅，去飲茶呀?

②朝頭早嘅空氣真係清新嘞。

5. 參考答案

Zǎoshang hǎo lǎo Lǐ Zhème zǎo shàng chálóu ma
① 早上好，老李！這麼早，上茶樓嗎?

Zǎochén de kōngqì zhēn qīngxīn
② 早晨的空氣真清新。

第二課 介 紹

1. 情景對話

陳老師：<ruby>您好<rt>Nínhǎo</rt></ruby>，<ruby>李<rt>Lǐ</rt></ruby> <ruby>老師<rt>lǎoshī</rt></ruby>！<ruby>請問<rt>Qǐngwèn</rt></ruby> <ruby>這位<rt>zhèwèi</rt></ruby> <ruby>先生<rt>xiānsheng</rt></ruby> <ruby>該<rt>gāi</rt></ruby> <ruby>怎樣<rt>zěnyàng</rt></ruby> <ruby>稱呼<rt>chēnghu</rt></ruby> <ruby>呢<rt>ne</rt></ruby>？

李老師：<ruby>讓<rt>Ràng</rt></ruby> <ruby>我<rt>wǒ</rt></ruby> <ruby>來<rt>lái</rt></ruby> <ruby>介紹<rt>jièshào</rt></ruby> <ruby>一下<rt>yīxià</rt></ruby>，<ruby>他<rt>tā</rt></ruby> <ruby>是<rt>shì</rt></ruby> <ruby>我<rt>wǒ</rt></ruby> <ruby>的<rt>de</rt></ruby> <ruby>朋友<rt>péngyǒu</rt></ruby>，<ruby>王<rt>Wáng</rt></ruby> <ruby>經理<rt>jīnglǐ</rt></ruby>。

陳老師：<ruby>王<rt>Wáng</rt></ruby> <ruby>經理<rt>jīnglǐ</rt></ruby>，<ruby>您好<rt>nínhǎo</rt></ruby>，<ruby>認識<rt>rènshi</rt></ruby> <ruby>您<rt>nín</rt></ruby> <ruby>很<rt>hěn</rt></ruby> <ruby>高興<rt>gāoxìng</rt></ruby>。

李老師：<ruby>這位<rt>Zhèwèi</rt></ruby> <ruby>是<rt>shì</rt></ruby> <ruby>我<rt>wǒ</rt></ruby> <ruby>的<rt>de</rt></ruby> <ruby>同事<rt>tóngshì</rt></ruby> <ruby>陳<rt>Chén</rt></ruby> <ruby>老師<rt>lǎoshī</rt></ruby>。

王經理：<ruby>陳<rt>Chén</rt></ruby> <ruby>老師<rt>lǎoshī</rt></ruby>，<ruby>能<rt>néng</rt></ruby> <ruby>見到<rt>jiàndao</rt></ruby> <ruby>您<rt>nín</rt></ruby> <ruby>真是<rt>zhēnshì</rt></ruby> <ruby>非常<rt>fēicháng</rt></ruby> <ruby>榮幸<rt>róngxìng</rt></ruby>。<ruby>這是<rt>Zhèshì</rt></ruby> <ruby>我<rt>wǒ</rt></ruby> <ruby>的<rt>de</rt></ruby> <ruby>名片<rt>míngpiàn</rt></ruby>，<ruby>以後<rt>yǐhòu</rt></ruby> <ruby>請<rt>qǐng</rt></ruby> <ruby>多<rt>duō</rt></ruby> <ruby>指教<rt>zhǐjiào</rt></ruby>。

陳老師：<ruby>您<rt>Nín</rt></ruby> <ruby>太<rt>tài</rt></ruby> <ruby>客氣<rt>kèqi</rt></ruby> <ruby>了<rt>le</rt></ruby>，<ruby>我<rt>wǒ</rt></ruby> <ruby>沒<rt>méi</rt></ruby> <ruby>帶<rt>dài</rt></ruby> <ruby>名片<rt>míngpiàn</rt></ruby> <ruby>來<rt>lái</rt></ruby>，<ruby>真<rt>zhēn</rt></ruby> <ruby>不<rt>bù</rt></ruby> <ruby>好<rt>hǎo</rt></ruby> <ruby>意思<rt>yìsi</rt></ruby>。

王經理：<ruby>沒<rt>Méi</rt></ruby> <ruby>關係<rt>guānxi</rt></ruby>。

2. 詞語

介紹 jièshào   介紹

稱呼 chēnghu   稱呼

這位 zhèwèi	呢位
認識 rènshi	識得
榮幸 róngxìng	榮幸
名片 míngpiàn	咭片
指教 zhǐjiào	指教
客氣 kèqi	客氣
沒關係 méi guānxi	有所謂、有緊要

3. 知識要點

讀準普通話的聲母 zh、ch、sh、r

　　普通話聲母 zh、ch、sh、r 是一組舌尖後音，通常稱為捲舌音。粵語沒有這樣發音的聲母，講粵語的人說普通話時受粵語發音的影響，往往把 zh、ch、sh 說成 j、q、x，把 r 說成 i。如"指教"的"指"、"這位"的"這"，聲母都是 zh，不能讀 j；"稱呼"的"稱"聲母是 ch，不能讀 q；"老師"的"師"、"介紹"的"紹"、"認識"的"識"、"是我的同事"中的"是"和"事"，聲母都是 sh，不能說成 x；"認識"的"認"、"榮幸"的"榮"聲母都是 r，用普通話說這些字的時候應注意把音發準確。

4. 練習

　　用普通話讀下面的詞語，注意聲母的準確讀音。

執行 zhíxíng —急行 jíxíng	撤除 chèchú —切除 qiēchú
師範 shīfàn —稀飯 xīfàn	叫嚷 jiàorǎng —教養 jiàoyǎng
指南 zhǐnán —濟南 jǐnán	呵斥 hēchì —呵氣 hēqì
指示 zhǐshì —仔細 zǐxì	繞道 ràodào —要道 yàodào
摺皺 zhézhòu —節奏 jiézòu	朝上 cháoshàng —橋上 qiáoshang
很少 hěnshǎo —很小 hěnxiǎo	仍舊 réngjiù —營救 yíngjiù

第三課　迎　客

1. 情景對話

小　王：
Qǐng wèn nǐ men shì cóng Běijīng lái zhè li kāihuì
請　問，你們　是　從　北京　來　這裏　開會
de ma
的　嗎？

小　張：
Shì de yǒu shénme shì ne
是　的，有　什麼　事　呢？

小　王：
Huānyíng huānyíng Wǒ shì lái jiē nǐ men de
歡迎，歡迎。我是　來　接　你們　的。

小　張：
Nà zhēn shì tài máfan nín le Qǐng wèn nín guì
那　真　是　太　麻煩　您　了。請　問　您　貴
xìng
姓？

小　王：
Xiǎo xìng Wáng Yī lù shang shùn lì ma
小　姓　王。一路　上　順利　嗎？

小　張：
Tǐng shùn lì de
挺　順利　的。

小　王：
Nǐ men yī dìng hěn lèi le ràng wǒ tì nǐ men tí
你們　一定　很　累　了，讓　我　替　你們　提
xiē xíng li ba
些　行李　吧。

小　張：
Bùyòng le yī diǎnr yě bù lèi xièxie nín le
不用　了，一點兒　也　不　累，謝謝　您　了。

2. 詞語

歡迎 huānyíng　　　歡迎
麻煩 máfan　　　　麻煩

5

順利 shùnlì	順利
來 lái	嚟
這裏 zhèli	呢度
接 jiē	接
累 lèi	趷
提 tí	拎
行李 xíngli	行李
謝謝 xièxie	唔該

3．知識要點
普通話的"謝謝"和粵語的"唔該"

　　普通話的"謝謝"是表示致謝的常用詞，使用範圍很廣，接受別人的幫助或禮物，對別人的問候表示感謝，都可説"謝謝"；粵語表示致謝的常用詞"唔該"，只用於接受別人的幫助，接受別人的禮物則説"多謝"，對別人的問候表示感謝則説"有心"，可見普通話"謝謝"和粵語"唔該"的使用範圍不完全一致。另外，粵語"唔該"還可用於請別人做事，這一用法普通話要説"請"或"勞駕"，而不能説"謝謝"。

4．練習
　　把下面的粵語説成普通話。
　　①你咁忙重嚟接我，真係唔該晒嘞！
　　②唔該畀嗰本書我睇下。

5．參考答案
　　①
Nǐ	zhème	máng	hái	lái	jiē	wǒ	zhēn	shì	tài	xièxie	nín	le
你	這麼	忙	還	來	接	我，	真	是	太	謝謝	您	了！

　　②
Láojià	bǎ	nà	běn	shū	gěi	wǒ	kànkan
勞駕	把	那	本	書	給	我	看看。

第四課　送　別

1. 情景對話

小　王：老李，時間過得真快，我們馬上就
要分別了，真捨不得你們走。

老　李：小王，您這麼忙還來送行，太麻
煩您了。

小　王：沒什麼，有哪些招待不週到的，請
多原諒。

老　李：非常感謝你們的熱情接待，有空
請到我們那裏玩。

小　王：好啊，一定會去拜訪你們的。回去以
後請多來信。

老　李：火車快開了，你請回吧！

小　王：祝你們一路順風，再見！

2. 詞語

馬上 mǎshàng	即刻
分手 fēnshǒu，分別 fēnbié	分手
送行 sòngxíng	送行
接待 jiēdài	接待
有空 yǒu kòng	得閒
拜訪 bàifǎng，探望 tànwàng	探
回去 huíqu	返去
一路順風 yīlù shùnfēng	順風順水
	一路順風

3. 知識要點

粵語的"……晒"和普通話的"太……"

　　粵語常在感謝語、客套語後面加上"晒"字表示強調，如"麻煩晒你"、"多謝晒"、"唔該晒"、"滾攪晒"等，普通話則要用"太"放在感謝語、客套語之前，如"太麻煩您"、"太感謝了"、"太打攪您"。

4. 練習

　　把下面的粵語說成普通話。

①今日真係滾攪晒嘞。

②你哋招呼得咁好，多謝晒喇。

5. 參考答案

　　　Jīntiān　zhēn　shì　tài　dǎjiǎo　nín　le
① 今天　　真　是　太　打攪　您　了。

　　　Nǐmen　zhāodài　de　zhème　hǎo　tài　gǎnxiè　le
② 你們　招待　得　這麼　好，太　感謝　了。

第五課 拜訪

1. 情景對話

張經理：
Qǐng wèn zhè li shì Chén zhǔrèn de jiā ma
請 問 這裏 是 陳 主任 的 家 嗎?

陳主任：
Shì de nín shì nǎ wèi
是 的, 您 是 哪 位?

張經理：
Xiǎo xìng Zhāng zhè shì wǒ de míngpiàn qǐng duō
小 姓 張, 這 是 我 的 名 片, 請 多
zhǐjiào
指教。

陳主任：
Yuánlái shì Zhāng jīng lǐ qǐng jìnlái zuò ba
原來 是 張 經理, 請 進來 坐 吧!

張經理：
Nín jiùshi Chén zhǔrèn ba huì fáng'ài nín ma
您 就是 陳 主任 吧, 會 妨礙 您 嗎?

陳主任：
Bù huì Qǐng hēchá ba
不 會。 請 喝茶 吧!

張經理：
Xièxie Méi shénme lǐ wù yī diǎn xiǎo yì si shī jìng
謝謝。 没 什麼 禮物, 一 點 小 意思, 失 敬
le
了。

陳主任：
Nín yòngbuzháo zhème kè qi
您 用不着 這麼 客氣。

2. 詞語

這裏 zhèlǐ, 這兒 zhèr	呢度
家 jiā	屋企
哪位 nǎwèi	邊位
進來 jìnlái	入嚟

9

妨礙 fáng'ài	阻
喝茶 hēchá	飲茶
禮物 lǐwù	手信
不用 bùyòng，用不着 yòngbuzháo	使乜
這麼 zhème，那麼 nàme	咁

3．知識要點

粵語的指示代詞"呢"和普通話的"這"

　　粵語表示近指的指示代詞"呢"，一般不能單獨用作句子成分，也不直接修飾名詞，而要在後面加上量詞或表示數量的詞語；普通話表示近指的指示代詞"這"，則可以單獨用作句子成分，口語裏也常直接修飾名詞。因此，粵語"呢張係我嘅咭片"，普通話則可以說"這是我的名片"，不一定要出現量詞"張"。粵語"呢間屋係佢住嘅"，普通話也可說"這房子是他住的"，"這"能直接修飾名詞"房子"，不一定加上量詞"間"。

4．練習

　　把下面的粵語說成普通話。

①呢支筆唔係我嘅，嗰支先係我㗎。

②呢個係我嘅地址。

5．參考答案

①
Zhè	bǐ	bù	shì	wǒ	de	nà	cái	shì	wǒ	de
這	筆	不	是	我	的，	那	才	是	我	的。

②
Zhè	shì	wǒ	de	dì zhǐ
這	是	我	的	地址

第六課 告 別

1. 情景對話

張經理：陳主任，今天打擾您了，很過意不去。
Chén zhǔrèn jīntiān dǎjiǎo nín le hěn guò yì bù qù

陳主任：沒關係。張經理，招待不週到，真抱歉。
Méi guān xi Zhāng jīng lǐ zhāodài bù zhōu dào zhēn bàoqiàn

張經理：時間不早，我要告辭了。
Shíjiān bù zǎo wǒ yào gàocí le

陳主任：多坐一會兒，吃過飯再走吧。
Duō zuò yī huì r chī guo fàn zài zǒu ba

張經理：不用了，我還有別的事情。
Bùyòng le wǒ hái yǒu bié de shìqing

陳主任：那就改天再請您吃飯吧。讓我送送您。
Nà jiù gǎitiān zài qǐng nín chīfàn ba Ràng wǒ sòngsong nín

張經理：不用送了，您請回。
Bùyòng sòng le nín qǐng huí

陳主任：慢走，以後有空請再來坐吧。
Mànzǒu yǐ hòu yǒu kòng qǐng zài lái zuò ba

2. 詞語

打擾 dǎjiǎo，打擾 dǎrǎo　　　　滾攪

告辭 gàocí　　　　　　　　　告辭

11

別的 biéde   第啲

改天 gǎitiān，以後 yǐhòu   第日

不用 bùyòng   唔使

回 huí，回去 huíqu   返去

有空 yǒukòng   得閒

慢走 mànzǒu   好聲行

3．知識要點
粵語的"第"和普通話的"另"、"別"

　　"第"在粵語和普通話的相同用法是表示次序，除此之外，粵語"第"還可以表示"別的"、"另外的"，這種用法普通話不能說"第"，而要說"別的"、"另外的"，如"第啲事"，普通話應說"別的事情"；"第個"，普通話要說"另一個"；"第度"，普通話則說"別的地方"；"第日"，相當於"別的日子"，普通話也可說"改天"、"以後"。

4．練習
　　把下面的粵語說成普通話。

①對唔住嘞，今日我重有第啲事，第日再嚟揾你傾啦。

②呢件衫唔係幾啱身，換過第件啦。

5．參考答案

　　Duìbu qǐ jiāntiān wǒ hái yǒu bié de shìqíng gǎitiān zài lái
① 對不起，今天　我　還　有　別　的　事情，改天　再　來

　　zhǎo nǐ liáo ba
　　找　你　聊　吧。

　　Zhè jiàn yī fu bù dà héshēn huàn lìng yī jiàn ba
② 這　件　衣服　不　大　合身，換　另　一　件　吧。

第七課　邀　請

1. 情景對話

老王：　Lǎo Lǐ wǒ jiā gāng zhuāngxiū guò nín shénme shí
　　　老 李，我 家 剛 裝 修 過，您 什麼 時
　　　hòu yǒu kòng qǐng lái zuòzuo
　　　候 有 空 請 來 坐坐。

老李：　Hǎo de yī dìng yào shàngmén bàifǎng cānguān yī xià
　　　好 的，一 定 要 上 門 拜 訪，參 觀 一下
　　　nín nà piàoliàng de fáng zi
　　　您 那 漂 亮 的 房 子。

老王：　Míngtiān shì xīng qī liù shàngwǔ lái ba zěnmeyàng
　　　明 天 是 星 期 六，上 午 來 吧，怎麼 樣？

老李：　Míngtiān shàngwǔ wǒ yuē le rén le Xiàwǔ ba nín
　　　明 天 上 午 我 約 了 人 了。下 午 吧，您
　　　yǒu kòng ma
　　　有 空 嗎？

老王：　Yě xíng Hái jì de wǒ jiā dì zhǐ ma
　　　也 行。還 記 得 我 家 地 址 嗎？

老李：　Dào guo nín jiā hǎo jǐ tàng le dāngrán jì de
　　　到 過 您 家 好 幾 趟 了，當然 記 得。

老王：　Dào shí yī kuài r chī dùn biàn fàn ba
　　　到 時 一 塊兒 吃 頓 便 飯 吧。

老李：　Nín hé bì pò fèi ne
　　　您 何 必 破 費 呢？

老王：　Méi shénme Shuō hǎo le míng tiān xiàwǔ wǒ zài
　　　沒 什麼。説 好 了，明 天 下 午 我 在
　　　jiā gōng hòu
　　　家 恭 候。

2．詞語

什麼時候 shénme shíhou	幾時
明天 míng tiān	聽日
早上 zǎo shang	朝早
上午 shàng wǔ	上晝
下午 xià wǔ	下晝，晏晝
來 lái	嚟
家 jiā	屋企
地址 dì zhǐ	地址
便飯 biànfàn	便飯
恭候 gōng hòu	恭候

3．知識要點

粵語和普通話時間名詞的差別

　　表示時間的名詞，粵語和普通話往往有較大差別，如粵語的"琴日"、"聽日"，普通話應説"昨天"、"明天"；粵語的"上晝"、"下晝"（或"晏晝"），普通話應説"上午"、"下午"；粵語"朝早"，普通話應説"早上"、"早晨"；粵語"挨晚"，普通話則説"傍晚"。説粵語的人講普通話時應注意這些時間名詞的正確説法。

4．練習

　　把下面的粵語説成普通話。

　　①琴日挨晚你去咗邊度？

　　②聽朝我哋一齊去晨運囉！

5．參考答案

	Zuótiān	bàngwǎn	nǐ	dào	nǎr	qù	le
①	昨天	傍晚	你	到	哪兒	去	了？

	Míngtiān	zǎoshang	wǒmen	yī kuàir	chénliàn	ba
②	明天	早上	我們	一塊兒	晨練	吧！

第八課　約　會

1. 情景對話

小　張：小　李，昨天　王　方　讓　我　告訴　您，他
Xiǎo Lǐ zuótiān Wáng Fāng ràng wǒ gàosu nín tā
約　了　幾個　老　同學　到　他　家　聚一　聚，
yuē le jǐ ge lǎo tóngxué dào tā jiā jù yi jù
請　您　也　一起　來。
qǐng nín yě yīqǐ lái

小　李：好　哇，咱們　也　很久　沒　見面　了。什麼
Hǎo wa zánmen yě hěnjiǔ méi jiànmiàn le Shénme
時候　呢?
shíhou ne

小　張：星期　天　上午　八　點　半。請　您　在　那
Xīngqī tiān shàngwǔ bā diǎn bàn Qǐng nín zài nà
天　早上　八　點　十　分　來　我　家，咱們
tiān zǎoshang bā diǎn shí fēn lái wǒ jiā zánmen
一塊兒　去　吧。
yīkuàir qù ba

小　李：晚　了　點兒　吧，怕　來　不　及。
Wǎn le diǎnr ba pà lái bu jí

小　張：來　得　及，頂　多　走　十　來　分　鐘　就　到
Lái de jí dǐng duō zǒu shí lái fēn zhōng jiù dào
他　家　了。
tā jiā le

小　李：那　好　吧，我　一定　會　準時　到　的，你　在
Nà hǎo ba wǒ yīdìng huì zhǔnshí dào de nǐ zài
宿舍　大院　門口　等　我　吧。
sùshè dàyuàn ménkǒu děng wǒ ba

15

小 張：一 言 為 定，不 見 不 散。

2．詞語

告訴 gàosu	話
約會 yuēhuì	約會
見面 jiàn miàn	見面
聚會 jù huì	聚會
晚 wǎn，遲 chí	晏
來不及 lái bu jí	趕唔切
準時 zhǔn shí	準時
不見不散 bù jiàn bù sàn	唔見唔散

3．知識要點

(1) 粵語和普通話時刻表示法的差別

粵語表示時刻，習慣把五分鐘叫做"一個字"，十分鐘叫"兩個字"，以此類推。但普通話沒有這樣的表達方式，應說成"××分鐘"，粵語"兩個零字"，普通話則應說"十來分鐘"或"十多分鐘"。其中粵語的"零"(也可用"幾")，表示約數，普通話則用"來"或"多"表示。

(2) 粵語和普通話關於轉述的表示法

粵語表示轉述時最常見的是用"話"字引出轉述的內容，如"佢話……"。普通話要用"說"，除了"話別"、"話舊"等書面語外，普通話的"話"一般不用作動詞。粵語表示轉述還常說"……話畀……聽"，如本課情景中"要我話畀你聽"，普通話不能直譯為"讓我說給你聽"，正確的說法應該是"讓我告訴你"，粵語的"話"在這裏相當於普通話的"告訴"。

4．練習

把下面的粵語說成普通話。

①佢話畀我知，去嗰度要行三、四個字。

②老王要我話畀你聽，過個零鐘頭佢就會嚟喇。

16

5．參考答案

① 他 告訴 我，到 那裏 要 走 十 五 到 二 十 分
　　鐘 。

② 老 王 讓 我 告訴 你，過 一 個 多 小時 他
　　就 會 來。

第九課 祝 賀

1. 情景對話

小 陳：Xiǎo Wáng, tīngshuō nǐ zuì jìn tí shēng le
小 王，聽 說 你 最 近 提 升 了。

小 王：Shì de gāng hǎo ràng wǒ pèng shang le yī ge jī
是 的，剛 好 讓 我 碰 上 了 一 個 機
huì
會。

小 陳：Zhù nǐ yǐ hòu gōngzuò shùn lì bù bù gāoshēng
祝 你 以 後 工 作 順 利，步 步 高 升。

小 王：Bù gǎndāng Zuìjìn wǒ hái fēn le fáng zi gānggang
不 敢 當。最 近 我 還 分 了 房 子，剛 剛
bān le méi duō jiǔ yǒu kòng qǐng lái zuò zuo
搬 了 沒 多 久，有 空 請 來 坐 坐。

小 陳：Hē Zhù nǐ shuāng xǐ lín mén Guò liǎng tiān yī dìng
嗬！祝 你 雙 喜 臨 門。過 兩 天 一 定
qù cānguān yī xià nǐ de xīn fáng zi gēn nǐ gāogāo
去 參 觀 一 下 你 的 新 房 子，跟 你 高 高
xìngxìng de qìnghè yī fān
興 興 地 慶 賀 一 番。

小 王：Xièxie Wǒ yě zhù nǐ shēn tǐ jiànkāng wàn shì rú
謝 謝！我 也 祝 你 身 體 健 康，萬 事 如
yì
意。

2. 詞語

祝賀 zhùhè   祝賀
提升 tíshēng   升職

工作順利 gōngzuò shùnlì	工作順利
步步高升 bù bù gāo shēng	步步高升
雙喜臨門 shuāngxǐ lín mén	雙喜臨門
身體健康 shēntǐ jiànkāng	身體健康
萬事如意 wàn shì rúyì	萬事勝意
不敢當 bù gǎndāng	唔敢當
房子 fángzi	屋
剛剛 gānggang，剛好 gānghǎo	啱啱

3．知識要點

①粵語的"啱啱"和普通話的"剛剛"、"剛好"

粵語的"啱啱"有兩種用法，第一種表示動作或情況發生在不久以前，這一意義普通話說"剛剛"，如粵語"啱啱搬咗屋"，普通話則說"剛剛搬了家"；第二種用法表示正好出現某一情況或正好達到某一程度，這一意義普通話則說"剛好"、"正好"，如粵語"佢搬咗屋啱啱一個月"，普通話則說"他搬了家剛好一個月"。

②粵語的"屋"和普通話的"房子"

粵語和普通話關於"房"和"屋"的概念範圍大小完全相反。粵語"屋"的概念範圍大，"房"的概念範圍小；普通話則"房子"的概念範圍大，"屋子"的概念範圍小。粵語的"屋"，普通話要說"房子"，粵語的"房"指房子內部分隔成的各個部分，普通話要說"屋子"或"房間"。

4．練習

把下面的粵語說成普通話。

①呢間屋啱啱裝修過。

②今日啱啱係佢嘅生日。

5．參考答案

　Zhè　fáng zi　gānggang　zhuāngxiū　guò
① 這　房子　剛剛　裝修　過。

　Jīntiān　gānghǎo　shì　tā　de　shēng rì
② 今天　剛好　是　他　的　生日。

第十課　致　謝

1. 情景對話

小　王：
Xiǎo Lǐ nǐ yào de shū wǒ gěi nǐ mǎi lái le
小　李，你　要　的　書，我　給　你　買　來　了。

小　李：
Xièxie nǐ xīnkǔ nǐ le
謝謝　你，辛苦　你　了。

小　王：
Bù kè qi wǒ bùguò shì jǔ shǒuzhīláo
不　客氣，我　不過　是　舉手之勞。

小　李：
Zhè běn shū nǐ shì zài nǎ r mǎi de
這　本　書，你　是　在　哪兒　買　的？

小　王：
Jiù zài wǒ jiā fùjìn de nà jiān shūdiàn
就　在　我　家　附近　的　那　間　書店。

小　李：
Qǐng nǐ gěi wǒ zài mǎi liǎng běn kě yǐ ma
請　你　給　我　再　買　兩　本　可以　嗎？

小　王：
Méi wèn tí
沒　問題。

小　李：
Míngtiān nǐ shēng rì wǒ sòng nǐ yī jiàn xiǎo lǐ
明天　你　生　日，我　送　你　一　件　小　禮
wù
物。

小　王：
Xièxie zhè lǐ wù zhēn piàoliang
謝謝，這　禮物　真　漂亮。

2. 詞語

謝謝 xièxie	唔該，多謝
請 qǐng，勞駕 láojia	唔該
在 zài	響，喺
哪兒 nǎr，哪裏 nǎli	邊度

20

舉手之勞 jǔshǒuzhīláo　　　舉手之勞

不客氣 bù　kèqi　　　　唔使唔該

沒問題 méi wèntí　　　　冇所謂

給 gěi　　　　　　　畀

禮物 lǐwù　　　　　　禮物

3. 知識要點

普通話和粵語的雙賓語句

　　普通話和粵語的雙賓語句語序不一樣。普通話"給"、"送"等動詞後面，往往帶有兩個賓語，一個指人，一個指物，語序排列一般指人的賓語在前，叫近賓語，指物的賓語在後，叫遠賓語。如"我送你一件小禮物"，不要說成"我送一件小禮物你"。粵語雙賓句的語序，有時跟普通話不同，通常是指物的賓語在前，指人的賓語在後，如"我送件小禮物畀你"或"我畀件小禮物你"。

4. 練習

　　把下面的粵語說成普通話。

①我送一支鋼筆畀小王。

②佢畀咗本書我。

5. 參考答案

　　　　Wǒ　sòng　Xiǎo　Wáng　yī　zhī　gāng bǐ
① 我　送　小　王　一　支　鋼筆。

　　　　Tā　gěi　le　wǒ　yī　běn　shū
② 他　給　了　我　一　本　書。

第十一課　稱　讚

1. 情景對話

丈　夫：Nǐ kànkan wǒ mǎi de zhè tào gōngyìpǐn shì bu
　　　　你 看看 我 買 的 這 套 工藝品 是 不
　　　　shì jīngpǐn
　　　　是 精品？

妻　子：Hē Zhēn piàoliang Kuǎnshì hěn shímáo yòu hěn jīng
　　　　嗬！真 漂亮！款式 很 時髦，又 很 精
　　　　zhì
　　　　緻。

丈　夫：Zǒngsuàn nǐ yǒu yǎnguāng
　　　　總算 你 有 眼光。

妻　子：Duōshǎo qián Guì bu guì de
　　　　多少 錢？貴 不 貴 的？

丈　夫：Piányi de hěn yī tào cái shí lái èr shí kuài
　　　　便宜 得 很，一 套 才 十 來 二 十 塊
　　　　qián
　　　　錢。

妻　子：Xiǎng bu dào zhè cì nǐ zhème nénggàn tǐng huì mǎi
　　　　想 不 到 這次 你 這麼 能幹，挺 會 買
　　　　dōngxi de zhēn shì jià lián wù měi
　　　　東西 的，真 是 價 廉 物 美。

丈　夫：Zhěngtiān gēn nǐ yī kuàir qù mǎi dōngxi dāng rán
　　　　整天 跟 你 一 塊兒 去 買 東西，當 然
　　　　xué dào yī xiē běnlǐng la
　　　　學 到 一些 本領 啦。

2. 詞語

漂亮 piàoliang, 美 měi	靚
精品 jīngpǐn, 好東西 hǎo dōngxi	靚嘢
能幹 nénggàn, 棒 bàng	叻
款式 kuǎnshì	花款
時髦 shímáo	時興
精緻 jīngzhì	骨子
便宜 piányi	平
會買東西 huì mǎi dōngxi	識買嘢

3. 知識要點

①粵語 "靚" 譯成普通話的幾種説法

　　粵語的 "靚" 使用範圍很廣泛，表達的意義很靈活，説普通話時要根據所指的具體對象選用不同的詞語。用於指人的相貌、風景或事物的外觀，如 "生得靚"，普通話説 "美、漂亮、好看"，指房屋、衣物等事物除了以上説法，還可以説 "美觀"；指商品、器物的質量或菜餚味道，如 "靚貨"，普通話説 "好"；用於體育比賽，如 "靚波"，普通話可以説 "精彩、好看"。

②普通話和粵語關於貨幣表達方式的差別

　　關於貨幣單位名稱，粵語和普通話的表達方式有較大差別，講普通話時要注意準確的説法。粵語的 "蚊"、"個"，普通話要説 "元" 或 "塊"，如 "三蚊"，"兩個半"，普通話説 "三元"（或 "三塊錢"）、"兩塊五"；粵語的 "毫（子）"，普通話説 "角"，口語一般説 "毛"。粵語表示約數的 "零"，普通話要説 "來" 或 "多"，如 "廿零蚊"、"毫零子"，普通話則説 "二十來塊"、"一毛多"。

4. 練習

　　把下面的粵語説成普通話。

①咁靚嘅菜心先至個零銀錢一斤，真抵買嘞。

②你間屋裝修得好靚。

5. 參考答案

Zhème hǎo de càixīn cái yī kuài duō yī jīn zhēn hésuàn
① 這麼 好 的 菜心 才 一 塊 多 一 斤，真 合算。

Nǐ zhè fáng zi zhuāngxiū de hěn piàoliang
② 你 這 房子 裝 修 得 很 漂亮。

第十二課　請　客

1. 情景對話

小　張：
Míngwǎn wǒmen gōng sī zài Báiyún bīnguǎn qǐngkè dá
明晚 我們 公司 在 白雲 賓館 請客，答
xiè guì gōng sī jǐ nián lái de hé zuò qǐng Wáng
謝 貴 公司 幾 年 來 的 合作，請 王
jīng lǐ shǎngliǎn
經理 賞臉。

王經理：
Zěnme hǎo yì si yào nǐmen pòfèi ne
怎麼 好 意思 要 你們 破費 呢?

小　張：
Bié kè qi zhè shì wǒmen de yī diǎnr xīn yì Máfan
別 客氣，這 是 我們 的 一 點兒·心意。麻煩
nín zhuǎngào Chén jīng lǐ qǐng tā yě guānglín
您 轉告 陳 經理，請 他 也 光臨。

王經理：
Hǎo de rúguǒ tā yǒukòng wǒ xiǎng tā yī dìng huì
好 的，如果 他 有 空，我 想 他 一·定 會
qù de
去 的。

小　張：
Zhè shì qǐngtiě míngtiān bàngwǎn liù diǎn zhěng wǒ
這 是 請帖，明天 傍晚 六 點 整 我
men zài bīnguǎn ménkǒu gōnghòu guānglín
們 在 賓館 門口 恭候 光臨。

王經理：
Xièxie nín de yāoqǐng wǒmen yī dìng zhǔnshí qiánwǎng
謝謝 您 的 邀請，我們 一 定 準時 前往。

2. 詞語

請客 qǐngkè　　　請客
賞臉 shǎngliǎn　　賞面

賓館 bīnguǎn   賓館

心意 xīnyì   心意

請帖 qǐng tiě   請帖

恭候 gōnghòu   恭候

光臨 guānglín   光臨

邀請 yāoqǐng   邀請

準時 zhǔnshí   準時

3. 知識要點

普通話的"一定、肯定"和粵語的"梗"、"實"

　　粵語有一些語氣副詞，表示必然、確實無疑的肯定語氣，如"實"、"梗"，説普通話時可譯成"一定"、"肯定"或"準"，如"我哋實會準時去到嘅"、"梗會去嘅"，普通話可説"我們一定會準時到的"、"一定會去的"。

4. 練習

　　把下面的粵語説成普通話。

　　①聽日你實嚟㗎！

　　②噉做梗唔會錯嘅。

5. 參考答案

　　　　Míngtiān nǐ yī dìng lái ya
　①　明　天　你　一　定　來　呀！

　　　　Zhèyàng zuò kěndìng bù huì cuò de
　②　這　樣　做　肯　定　不　會　錯　的。

第十三課　作　客

1. 情景對話

老　李：
Lǎo Wáng zhēn bàoqian yīnwèi dǔchē hěn lì hai lái
老　王，真　抱歉，因為　堵車　很　厲害，來
de tài wǎn le ràng nǐ jiǔ děng
得 太 晚 了，讓 你 久 等。

老　王：
Méi guān xi nǐ lái jiù shì gěi miàn zi le Chōuyān
没　關係，你 來 就 是 給 面子 了。抽煙
ba
吧！

老　李：
Xièxie wǒ jièyān hěn jiǔ le
謝謝，我 戒煙 很 久 了。

老　王：
Néng jiè diào zhēn bù jiǎndān nà jiù xiān hē diǎn
能 戒 掉 真 不 簡單，那 就 先 喝 點
yǐnliào ba xiū xi yī xià zài chīfàn
飲料 吧，休息 一下 再 吃飯。

老　李：
Bié gǎo nàme duō càishì suíbian chī diǎn jiù xíng
別 搞 那麼 多 菜式，隨便 吃 點 就 行
le
了。

老　王：
Dōushì lǎo péngyǒu bùyòng kè qi le píngshí yě bù
都是 老 朋友，不用 客氣 了，平時 也 不
cháng jiànmiàn jīntiān chèn zhè jī hui jiù hǎohao liáo
常 見面，今天 趁 這 機會 就 好好 聊
liaoba
聊吧。

2．詞語

晚 wǎn	晏
没關係 méi guānxi，不要緊 bù yàojǐn	冇相干
給面子 gěi miànzi	畀面
抽煙 chōuyān	食煙
戒煙 jiè yān	戒煙
（戒）掉（jiè）diào	（戒）甩
喝 hē	飲
吃飯 chī fàn	食飯
隨便 suíbiàn	求其
老朋友 lǎo péngyǒu	老友鬼鬼
不常 bù cháng，難得 nándé	冇幾何
聊天 liáotiān，談話 tánhuà	傾偈

3．知識要點

粵語表程度的"鬼咁"、"過頭"的普通話譯法

　　粵語表示程度很高的慣用語"鬼咁"，用普通話表示相當於"非常"、"十分"、"很"，如"佢鬼咁中意睇電視"，普通話可説"他非常喜歡看電視"。粵語表示程度過份的慣用語"過頭"，放在形容詞或表示心理活動的動詞之後，講普通話可説"太"，但位置與粵語不同，要放在形容詞或動詞之前，如"嚟得晏過頭"，普通話要説"來得太晚了"。

4．練習

　　把下面的粵語説成普通話。

①你真係客氣過頭嘞。

②佢做嘢嗰陣鬼咁落力。

28

5．参考答案

Nǐ zhēn shì tài kè qi le
① 你 真 是 太 客氣 了。

Tā gànhuó de shíhou shífēn mài lì
② 他 幹活 的 時候 十分 賣力。

第十四課　道　歉

1. 情景對話

小　劉：
Ai yō Duì bu qǐ xiānsheng bù xiǎoxīn zhuàng zháo
哎喲！對不起，先生，不小心撞着
nín le
您了。

小　張：
Bù yàojǐn nǐ yòu bù shì gùyì de
不要緊，你又不是故意的。

小　劉：
Yǒu méi yǒu cāshāng nǎ li ne Yào péi nín dào yī
有沒有擦傷哪裏呢？要陪您到醫
yuàn kànkan ma
院看看嗎？

小　張：
Nà dào bùyòng Zhè li guò mǎ lù de rén hěn yōng
那倒不用。這裏過馬路的人很擁
jǐ nǐ qí chē yào liúshén cái shì
擠，你騎車要留神才是。

小　劉：
Wǒ yī zǒu dào diànpù duō de dì fang jiù xǐ huān
我一走到店鋪多的地方就喜歡
dào chù zhāngwàng zhè xí guàn shì bù hǎo de
到處張望，這習慣是不好的。

小　張：
Nàyàng qí chē shì hěn wēixiǎn de yǐ hòu yào xiǎoxīn
那樣騎車是很危險的，以後要小心
diǎn le
點了。

小　劉：
Wǒ dǒng le Dānwu nín le zhēn bàoqiàn
我懂了。耽誤您了，真抱歉。

2. 詞語

對不起 duì bu qǐ	對唔住
不小心 bù xiǎoxīn	唔覺意
抱歉 bào qiàn	唔好意思
不要緊 bù yàojǐn	唔緊要
故意 gùyì	特登
留神 liúshén，當心 dāngxīn	因住
小心 xiǎoxīn	好聲
危險 wēixiǎn	牙煙
耽誤 dānwu，妨礙 fángài	阻

3. 知識要點
粵語"親"譯成普通話的不同說法

　　粵語有一個常用的助詞"親"，黏附在動詞後面，主要用法有兩種，說普通話時要根據不同用法用不同的方式對譯。①表示動作行為造成某種不好的後果或影響，普通話可說"着"（讀 zháo），如"撞親你"，普通話說"撞着你"，又如"嚇親"，普通話說"嚇着"；②表示動作行為必然會引致某種結果或出現某種情況，普通話可說成"一……就……"或"每次……都……"。如"行親鋪頭多嘅地方就中意週圍望"，普通話說"一走到店鋪多的地方就喜歡到處看"。又如"話親佢就駁嘴"，普通話可說"一說他就頂嘴"。

4. 練習

　　把下面的粵語說成普通話。
　　①呢度好滑，因住咪跌親呀。
　　②我嚟親都見佢喺度溫習功課。

5. 參考答案

　　　　Zhè li　hěn　huá　xiǎoxīn　bié　shuāi　zháo　le
① 這裏　很　滑，小心　別　摔　着　了。

　　　　Wǒ　měi cì　lái　dōu　kànjiàn　tā　zài　fù xí　gōngkè
② 我　每次　來　都　看見　他　在　複習　功課。

第十五課 勸 告

1. 情景對話

小 王：先生，請 不 要 在 這兒 抽煙。
Xiānsheng qǐng bù yào zài zhèr chōuyān

小 李：啊？你 説 什麼？這裏 不能 抽煙 嗎？
Á Nǐ shuō shénme Zhè li bùnéng chōuyān ma

小 王：是 的，市 政府 有 規定，公共 場所 不
Shì de shì zhèngfǔ yǒu guīdìng gōnggòng chǎngsuǒ bù
准 抽煙，你 看，牆上 也 貼 了 禁止
zhǔn chōuyān nǐ kàn qiángshang yě tiē le jìnzhǐ
抽 煙 的 告示。
chōuyān de gàoshì

小 李：喔，我 真 的 不 知道，對 不 起。不過 這
Ò wǒ zhēn de bù zhīdào duì bu qǐ Bùguò zhè
根 煙 只 剩 這麼 一點兒 了，把 它 抽
gēn yān zhǐ shèng zhème yīdiǎnr le bǎ tā chōu
完 總 可以 吧？
wán zǒng kěyǐ ba

小 王：那 也 是 不 好 的，還是 請 自覺 遵守
Nà yě shì bù hǎo de háishì qǐng zìjué zūnshǒu
規定 吧。
guīdìng ba

小 李：好 吧，那麼 我 就 把 煙頭 滅 掉 吧。
Hǎo ba nàme wǒ jiù bǎ yāntóu miè diào ba

小 王：謝謝 先生 的 合作，有 什麼 不 方便
Xièxie xiānsheng de hézuò yǒu shénme bù fāngbiàn
的 地方 請 多 包涵。
de dìfang qǐng duō bāohán

2．詞語

不要 bùyào；不好 bùhǎo	唔好
禁止 jìnzhǐ	禁止
抽煙 chōuyān	食煙
規定 guīdìng	規定
自覺 zìjué	自覺
遵守 zūnshǒu	遵守
合作 hézuò	合作

3．知識要點

粵語"唔好"的普通話譯法

　　粵語"唔好"有兩種用法，對譯成普通話應分別使用不同的説法。①表示對"好"的否定，普通話説"不好"，"唔"是粵語的否定副詞，相當於普通話的"不"。②表示對行為的禁止和勸阻，普通話要説"別"、"不要"，如"唔好係呢度食煙"，普通話應説"別（不要）在這兒抽煙"。

4．練習

把下面的粵語説成普通話。

①我話呢本書麻麻哋啫，一啲都唔好睇。

②踩車千祈唔好衝紅燈喎。

5．參考答案

```
    Wǒ  shuō  zhè  běn  shū  hěn  yī bān  yī  diǎn r  yě  bù  hǎo
①  我   説   這   本   書   很   一般， 一  點兒   也   不   好

    kàn
    看。

    Qíchē  qiānwàn  bùyào  chōng  hóngdēng
②  騎車   千萬    不要    衝    紅燈。
```

第十六課　請　求

1. 情景對話

小　張：
Xiānsheng láojia ràng yi ràng wǒ xiǎng zǒu dào guì
先生，勞駕，讓一讓，我想走到櫃
tái qián xuǎn yi xuǎn chàngpiàn
枱前選一選唱片。

小　王：
Ò duì bu qǐ fáng'ài nín le nín qǐng ba
噢，對不起，妨礙您了，您請吧。

小　張：
Xièxie Xiǎojiě nà zhāng jī guāng chàngpiàn ràng wǒ
謝謝！小姐，那張激光唱片讓我
kànkan mùlù xíng ma
看看目錄，行嗎？

售貨員：
Xíng nín kàn ba
行，您看吧。

小　張：
Nèiróng bù cuò mǎi liǎng zhāng ba
內容不錯，買兩張吧。

售貨員：
Wǒmen zhè li zhǐ yǒu yī zhāng le nǐ dào duìmiàn
我們這裏只有一張了，你到對面
de bǎihuò dàlóu kànkan hái yǒu méiyǒu ba
的百貨大樓看看還有沒有吧。

小　張：
Hǎo nà wǒ jiù qù zhǎozhao kàn xièxie
好，那我就去找找看，謝謝。

2. 詞語

勞駕 láojia，請 qǐng　　　　　　唔該

讓一讓 ràng yi ràng，借光 jièguāng　借借，借過

行 xíng，可以 kěyǐ　　　　　　得

走 zǒu　　　　　　　　　　　行

妨礙 fángʾài	阻住
給 gěi，讓 ràng	畀
請求 qǐng qiú	請求

3．知識要點
普通話的"行"、"可以"和粵語的"得"

粵語向別人提出請求以後，詢問對方是否同意、答應，常說"得唔得"，普通話則說"行不行"，口語更常見的形式是"行嗎"、"可以嗎"。回答時表示同意、應允，粵語用"得"，普通話可說"行"、"可以"。另外，粵語的"得"有時用在動詞後面，表示該動作可以做，這一用法普通話用"可以"表示，但語序與粵語不同，"可以"必須放在動詞之前，如粵語"呢架電視機已經修好咗，用得嘞"，普通話要說"這電視機已修好，可以用了"。

4．練習
把下面的粵語說成普通話。

①"唔該借支筆畀我用吓，得唔得呀?""得，攞去用啦。""唔該。"

②公園裏面嘅花睇得唔摘得。

5．參考答案

①"請借支筆給我用一下，行嗎?""行，拿去用吧。""謝謝。"
Qǐng jiè zhī bǐ gěi wǒ yòng yīxià xíng ma　Xíng ná qu yòng ba　Xièxie

②公園裏的花可以看，但不能摘。
Gōngyuán li de huā kě yǐ kàn dàn bùnéng zhāi

第十七課　贊　同

1. 情景對話

小　張：Zhè ge xīng qī liù wǒmen kāi gè zhōumò wǎnhuì hǎo
　　　　這 個 星 期 六，我 們 開 個 週 末 晚 會，好
　　　　ma
　　　　嗎？

小　王：Dāngrán hǎo la wǒ jǔ shuāngshǒu zànchéng
　　　　當 然 好 啦，我 舉 雙 手 贊 成 。

小　李：Wǒ yě méi yì jian gāng kǎo wán shì shì gāi qīng
　　　　我 也 沒 意見，剛 考 完 試，是 該 輕
　　　　sōng yī xià le
　　　　鬆 一 下 了 。

小　張：Jì rán nǐ men dōu tóng yì wǒmen jiù yào gǎnkuài dòng
　　　　既 然 你 們 都 同 意，我 們 就要 趕 快 動
　　　　shǒu zhǔnbèi jiémù le
　　　　手 準 備 節 目 了 。

小　王：Nǐ shuō de duì yī dìng yào bǎ wǎnhuì de jiémù
　　　　你 說 得 對，一 定 要 把 晚 會 的 節 目
　　　　gǎo de fēngfù xiē
　　　　搞 得 豐 富 些 。

小　李：Wǒ hái yǒu gè jiàn yì zuìhǎo néng zài yāoqǐng qí tā
　　　　我 還 有 個 建 議，最 好 能 再 邀 請 其 他
　　　　bān de tóngxué cānjiā
　　　　班 的 同 學 參 加 。

小　王：Zhèng hé wǒ de xīn yì zhèyàng wǎnhuì jiù gèng rè
　　　　正 合 我 的 心 意，這 樣 晚 會 就 更 熱
　　　　nào le
　　　　鬧 了 。

36

2．詞語

贊成 zànchéng	贊成
當然 dāngrán	梗
沒意見 méi yìjiàn	冇意見
同意 tóngyì	同意
對 duì	啱
合心意 hé xīnyì	啱心水

3．知識要點

粵語"啱"譯成普通話的幾種説法

粵語"啱"可表達幾種不同的意義，説普通話時要使用不同的相應譯法。①表示正確，普通話可説"對"，如"你講得啱"，普通話要説"你説得對"；②表示相合，普通話説"合"、"合適"，如，"啱我嘅心水"，普通話要説"合我的心意"，又如"呢件衫你着好啱"，普通話則説"這件衣服你穿很合適"；如果指性情相合，普通話可説"合得來"，例如"佢同啲同學好啱"，普通話説"他和同學們很合得來"；③表示動作或情況在不久前發生(也常説"啱啱")，普通話説"剛"、"剛剛"，如"啱啱考完試"，普通話要説"剛考完試"；④表示恰好出現某一情況，普通話説"巧"、"湊巧"，如"咁啱嘅，我嘅諗法同你一樣"，普通話可説"這麼巧，我的想法跟你一樣"。

4．練習

把下面的粵語説成普通話。

①真係啱嘞，佢啱啱出咗去你就嚟。

②呢件事做得啱晒我嘅心水，揾你做真係揾得啱嘞。

5．參考答案

① Zhēn qiǎo tā gāng zǒu chūqu nǐ jiù lái le
　　真 巧，他 剛 走 出去 你 就 來 了。

② Zhè jiàn shìqing zuò de wánquán hé wǒ de xīn yi zhǎo nǐ
　　這 件 事情 做 得 完全 合 我 的 心意，找 你

　　zuò zhēn shì zhǎo duì le
　　做 真 是 找 對 了。

第十八課　拒　絕

1. 情景對話

小　張：Xiǎojiě gēn jù nǐ bàoshī de cáiliào wǒmen jīngguò hé
小姐，根據 你 報失 的 材料，我們 經過 核
shí zhè ge mìmǎxiāng shì nǐ de qǐng lǐng huí qu
實，這個 密碼箱 是 你 的，請 領 回 去
ba
吧。

王小姐：Xiānsheng zhēn shì tài gǎnxie nǐmen le Zhè shì yī
先 生，真 是 太 感謝 你們 了。這 是 一
diǎn xīn yì qǐng shōuxia ba
點 心意，請 收下 吧。

小　張：Bù bì kè qi xiǎo jiě zhè shì wǒmen yīnggāi zuò de
不必 客氣，小 姐，這是 我們 應該 做 的。

王小姐：Wǒ shì zhēnxīn shí yì de qǐng bùyào jùjué le Yào
我 是 真心 實意 的，請 不要 拒絕 了。要
bù shì nǐmen bāngmáng zhǎo huí zhè xiāng zi wǒmen
不是 你們 幫忙 找 回 這 箱子，我們
de sǔnshī kě dà le
的 損失 可 大 了。

小　張：Nǐ de xīn yì wǒmen xīnlǐng le bùguò zhèxiē qián
你 的 心意 我們 心領 了，不過 這些 錢
wǒmen juéduì shōu bu de yě bùgāi shōu qǐng nǐ hái
我們 絕對 收不得，也 不該 收，請 你 還
shì shōu huíqu ba
是 收 回去 吧。

王小姐：Nǐmen zhēn shì méishuō de
你們 真 是 沒説 的。

2. 詞語

拒絕 jùjué	拒絕
一些 yīxiē，一點兒 yīdiǎnr	些少
心意 xīnyì	心意
不用 bùyòng，不必 bù bì	唔使
不要 bùyào	唔好
幫忙 bāngmáng	幫手
找回 zhǎohuí	搵翻
没説的 méishuōde	唔話得

3. 知識要點

粵語"唔……得"的普通話説法

　　粵語表示不可以或不能夠發出某一動作，常説"唔……得"，否定副詞"唔"放在動詞之前，普通話表達這一意思時，否定副詞"不"要放在動詞後面，説成"……不得"，或"不能……"，如"呢啲錢唔收得"，普通話要説"這些錢不能收"或"收不得"，而不能按粵語的習慣説成"不收得"。

4. 練習

　　把下面的粵語説成普通話。

　　①呢啲嘢已經變咗質嘞，唔食得㗎。

　　②我哋真係唔捨得你走呀。

5. 參考答案

　　　Zhèxiē　dōng xi　yǐ jīng　biànzhì　le　chību de
　① 這些　東西　已經　變質　了，吃不得。

　　　Wǒmen　zhēn　shěbu de　nǐ　zǒu
　② 我們　真　捨不得　你　走。

第十九課　願　望

1. 情景對話

小　陳：Xiǎo Wáng kuài bì yè le nǐ yǒu shénme dǎsuàn
小　陳：小　王，快　畢業　了，你　有　什麼　打算？

小　王：Wǒ xiǎng bàokǎo yánjiūshēng jì xù shēnzào
小　王：我　想　報考　研究生，繼續　深造。

小　陳：Yǒu zhì zhě shì jìng chéng nǐ yī dìng néng shí
小　陳："有　志　者，事　竟　成"，你　一定　能　實

xiàn zhè yī yuànwàng de
現　這　一　願望　的。

小　王：Nà nǐ ne xiǎo Chén yǒu shénme yuǎn dà de lǐ
小　王：那　你　呢，小　陳，有　什麼　遠大　的　理

xiǎng
想？

小　陳：Wǒ nǎ xiàng nǐ zhème yǒu néngnai suīrán xiǎng guo
小　陳：我　哪　像　你　這麼　有　能耐？雖然　想　過

kǎo gōngwùyuán dàn yǒu duōshǎo bǎwò hái shì ge
考　公務員，但　有　多少　把握　還是　個

wèizhīshù
未知數。

小　王：Yǒu xìnxīn jiù zhǔn xíng Bùguǎn zěnyàng kǎo hǎo
小　王：有　信心　就　準　行。不管　怎樣，考　好

bì yè kǎo shì zài shuō
畢業　考試　再　說。

小　陳：Nǐ shuō de duì xī wàng zánmen bì yè kǎoshì dōu
小　陳：你　說　得　對，希望　咱們　畢業　考試　都

néng kǎo ge hǎo chéng jī
能　考　個　好　成績。

2. 詞語

願望 yuànwàng	願望
希望 xīwàng	希望
打算 dǎsuàn	打算
想 xiǎng，考慮 kǎolù	諗
想法 xiǎngfǎ	諗頭
信心 xìnxīn	信心
準行 zhǔnxíng	實得

3. 知識要點

粵語"乜"、"乜嘢"的普通話譯法

　　粵語的疑問代詞"乜"、"乜嘢"主要用來詢問事物，這一用法普通話說"什麼"，如"你有乜打算"、"有乜大嘅諗頭"，普通話說"你有什麼打算"、"有什麼遠大的理想"。粵語"乜"、"乜嘢"也可不表示疑問，而用於虛指（表示不確定的事物）或任指（指代所說範圍內的任何對象），普通話的"什麼"同樣有這種用法，如"佢乜都唔怕"，普通話可說"他什麼都不怕"。

4. 練習

　　把下面的粵語說成普通話。

　　①只要認真學，乜都學得會。

　　②今日嘅報紙有乜嘢新聞？

5. 參考答案

　　　Zhǐyào rènzhēn xué shénme dōu néng xué huì
　① 只要　認真　學，什麼　都　能　學　會。

　　　Jīntiān de bàozhǐ yǒu shénme xīnwén
　② 今天　的　報紙　有　什麼　新聞？

第二十課 探病

1. 情景對話

老張： Lǎo Wáng nǐ de bìng hǎo xiē le ba Wǒ kàn nǐ
老 王，你 的 病 好 些 了 吧？我 看 你

jīntiān liǎn sè bù cuò jīngshen yě bǐ qián xiē shíhou
今天 臉色 不 錯，精神 也 比 前 些 時候

hǎo duō le
好 多 了。

老王： Shì hǎo yī diǎn le méi nàme nánshòu tóuyūn yě méi
是 好 一 點 了，沒 那麼 難受，頭暈 也 沒

nàme lì hai jiùshì xiōngkǒu hái yǒu diǎn mèn
那麼 厲害，就是 胸口 還 有 點 悶。

老張： Wǎnshang shuì de hǎo ma Wèikǒu zěnmeyàng
晚上 睡 得 好 嗎？胃口 怎麼 樣？

老王： Shuìjiào dào hái suàn kě yǐ jiùshì wèikǒu bù dà
睡覺 倒 還 算 可以，就是 胃口 不 大

hǎo bù dà xiǎng chī dōngxi bù zhī guò duōjiǔ cái
好，不 大 想 吃 東西，不 知 過 多久 才

néng quán hǎo
能 全 好。

老張： Bùyào jí fàng kuānxīn hǎohao xiū xi wǒ xiǎng nǐ
不要 急，放 寬心，好好 休息，我 想 你

hěn kuài jiù huì wánquán hǎo de
很 快 就 會 完全 好 的。

老王： Nǐ zhème máng hái lái tànwàng wǒ xiè xie nǐ de
你 這麼 忙 還 來 探望 我，謝 謝 你 的

guānxīn
關心。

2．詞語

臉色 liǎnsè	面色
好一點兒 hǎo yīdiǎnr	好翻啲
難受 nánshòu	辛苦
頭暈 tóu yūn	頭暈
胸口悶 xiōngkǒu mèn	心口翳
胃口 wèikǒu	胃口
睡覺 shuìjiào	瞓覺
放寬心 fàng kuānxīn	睇開啲
探望 tànwàng，看望 kànwàng	探

3．知識要點

(1) 粵語"唔係幾"譯成普通話的説法

粵語用否定式表示程度不高的常用語"唔係幾"，直譯成普通話爲"不是很"，但普通話口語常説"不大"或"不太"，如"胃口唔係幾好，唔係幾想食嘢"，普通話要説"胃口不大好，不大想吃東西"。

(2) 普通話和粵語"辛苦"的用法的區別

普通話"辛苦"的用法比粵語要窄。粵語"辛苦"有兩種用法是和普通話一樣的，第一種表示身心勞苦，如"工作辛苦"，第二種用於求人做事，如"呢件事重要辛苦你一次"，普通話可説"這事還得辛苦你一趟"。粵語的"辛苦"還有第三種用法，表示身體不舒服，感覺難受，這一意義普通話就不説"辛苦"，而要説"難受"或"不舒服"，如"頭好痛，覺得好辛苦"，普通話要説"頭很疼，覺得很難受"。

4．練習

把下面的粵語説成普通話。
①食咗藥好咗好多，而家唔係幾辛苦嘞。
②呢本書都唔係幾好睇嘅。

5. 参考答案

① Chī guo yào hǎo le hěn duō xiànzài bù tài nánshòu le
吃 過 藥 好 了 很 多，現 在 不 太 難 受 了。

② Zhè běn shū bù dà hǎo kàn
這 本 書 不 大 好 看。

文體娛樂

第二十一課　旅　遊

1. 情景對話

小張：
Xiǎo Chén kuàiyào fàng shǔjià le zhè cì zhǔnbèi dào
小陳，快要放暑假了，這次準備到
shénme dì fang lǚ yóu ne
什麼地方旅遊呢？

小陳：
Dào Zhāngjiājiè wánwan ba
到張家界玩玩吧！

小張：
Shénme shíhou shàng huǒchēzhàn qu mǎi piào ne
什麼時候上火車站去買票呢？

小陳：
Wǒ xiǎng háishì cānjiā lǚ yóutuán shěngshì xiē
我想還是參加旅遊團省事些。

小張：
Nà yě shì de bù yòng zì jǐ dàochù mángzhe mǎi
那也是的，不用自己到處忙着買
piào zhǎo dì fang zhù
票、找地方住。

小陳：
Zánmen yào jí zǎo dào lǚ xíngshè bàomíng le
咱們要及早到旅行社報名了。

小張：
Míngnián zài duō zǎn xiē qián chūguó lǚ yóu yī tàng
明年再多攢些錢，出國旅遊一趟
ba
吧。

小陳：
Hǎo wa zuì pián yi shì Tàiguó yóu le tīngshuó yě
好哇，最便宜是泰國遊了，聽説也

<pre>
tǐng hǎo wán tǐng hésuàn de
挺   好   玩，挺   合算   的。
</pre>

2. 詞語

哪裏 nǎli，什麼地方 shénme dìfang	邊度
什麼時候 shénme shíhou	幾時
旅遊 lǚyóu	旅遊
到處找票 dàochù zhǎo piào	撲飛
找地方住 zhǎo dìfang zhù	搵埞住
攢錢 zǎnqián	措錢
出國旅遊 chū guó lǚyóu	遊埠
便宜 pián yi	平
合算 hésuàn	抵

3. 知識要點

普通話和粵語表示去向的不同説法

　　粵語表示去向，一般用"去"字後面直接帶上處所賓語，如"去街"、"去旅遊社"、"去邊度"，普通話則用"到"或"上"，後面帶上處所賓語，有時再把"去"字放在最後作爲配合，如"上街（去）"、"到旅行社"、"上哪去"。近年來由於受南方方言的影響，普通話也日漸通行説"去……"，但普通話口語的地道説法仍以用"到"或"上"更爲普遍。

4. 練習

　　把下面的粵語説成普通話。
　　①食完飯我哋一齊去街行下囉！
　　②我去過佢屋企嘞。

5. 參考答案

<pre>
    Chī wán fàn wǒmen yī kuài r shàngjiē zǒuzǒu ba
① 吃   完   飯   我們   一塊兒   上街   走走   吧！

    Wǒ dào tā jiā qù guo
② 我   到   他   家   去   過。
</pre>

第二十二課　旅途安全

1. 情景對話

小　陳：明早　就　出發　了，現在　要　收拾　好　行
李，看看　有　沒有　漏　了　什麼　東西。

小　張：我　連　暈車藥　都　帶上　了，够　穩當
的。

小　陳：身份證　要　放　好，丟　了　就　麻煩　了。

小　張：最　重要　的　是　當心　那些　貴重　物品，
千萬　別　讓　小偷　掏　錢包。

小　陳：我　看　最　保險　是　把　錢　分別　放　在　幾
個　地方。

小　張：也　好，不過　要　記住　放　在　哪兒　才　行。

小　陳：好　了，收拾　好　東西　就　早　點兒　睡　了，
要　不　玩　的　時候　就　沒　精神　了。

2．詞語

收拾 shōushi 　　　　　　　　執

穩當 wěndɑng，保險 bǎoxiǎn 　穩陣

丟失 diūshī 　　　　　　　　跌

重要 zhòngyào 　　　　　　　緊要

當心 dāngxīn 　　　　　　　因住

小偷 xiǎotōu 　　　　　　　賊仔

掏（扒）錢包 tāo（pá）qiánbāo 　打荷包

千萬 qiānwàn 　　　　　　　千祈

記住 jìzhù 　　　　　　　　記實

3．知識要點

粵語"實"的普通話譯法

　　粵語的"實"可用作動詞的補語，表示牢固或穩當的意義，這一用法普通話一般要說"住"，如"記實"，普通話要說"記住"，又如"揸實"、"睇實"，普通話則說"拿住"、"看住"。

4．練習

　　把下面的粵語說成普通話。

　　①要跟實我行呀，唔係就會蕩失路㗎喇。

　　②上課要記實老師教嘅知識。

5．參考答案

　　① Yào jǐn gēnzhe wǒ zǒu yàobù jiù huì mí lù le.
　　　 要　緊　跟着　我　走，要不　就　會　迷路　了。

　　② Shàngkè yào jì zhù lǎoshī jiāo de zhīshi
　　　 上　課　要　記住　老師　教　的　知識。

48

第二十三課　在旅行社

1. 情景對話

小　王：Xiǎojiě qǐng wèn dào Zhāngjiājiè shénme shíhou kě yǐ chūtuán ne
小　王：小姐，請問到張家界什麼時候可以出團呢？

職　員：Xiànzài shì wàngjì wǒmen měitiān dōu yǒu tuán chū fā bùguò yīnwèi rén tài duō jīntiān bàomíng zuì kuài yě yào xià xīngqī èr cái néng chūtuán
職　員：現在是旺季，我們每天都有團出發，不過因爲人太多，今天報名最快也要下星期二才能出團。

小　王：Nà wǒmen jiù xuǎn xià xīngqī èr chūfā de tuán ba
小　王：那我們就選下星期二出發的團吧。

職　員：Qǐng wèn nǐmen liǎng wèi shì cānjiā shuāng fēi tuán háishi dān fēi tuán
職　員：請問你們兩位是參加雙飛團還是單飛團？

小　王：Wǒmen shì xuésheng méi nàme duō qián chéng fēijī láihuí dōu shì huǒchē wòpù suàn le
小　王：我們是學生，沒那麼多錢乘飛機，來回都是火車臥鋪算了。

職　員：Méi guānxi nǐmen xǐhuān zěnyàng qù wǒmen dōu yī lù huānyíng
職　員：沒關係，你們喜歡怎樣去我們都一律歡迎。

小　王：Nà wǒmen mǎshang jiù jiāo qián bànlǐ bàomíng shǒu
小　王：那我們馬上就交錢辦理報名手

```
xù    ba
續   吧。
```

2. 詞語

旅行社 lǚxíngshè	旅行社
旺季 wàngjì	旺季
還是 háishi（副詞）	重係
還是 háishi（連詞）	定係，定
雙飛 shuāng fēi	雙飛
單飛 dān fēi	單飛
火車臥鋪 huǒchē wòpù	火車臥鋪
喜歡 xǐhuān	中意
報名手續 bàomíng shǒuxù	報名手續

3. 知識要點
粵語"得滯"譯成普通話的説法和位置

　　粵語的"得滯"放在形容詞後，表示程度過份，譯成普通話可説"太"，但位置與粵語不同，應放在形容詞前面，如本情景中"人多得滯"，普通話要説"人太多"。另外，普通話的"太"在肯定句或否定句中都可使用，粵語的"得滯"一般只用在肯定句中。

4. 練習

　　把下面的粵語説成普通話。
　　①呢幾日真係熱得滯。
　　②飛機票價雖然下調咗一啲，不過重係貴得滯。

5. 參考答案

```
     Zhè  jǐ  tiān  zhēn  shì  tài  rè  le
①   這  幾  天   真   是  太  熱  了。
```

```
     Fēi jī  piàojià  suīrán  xià  tiáo  le  yīxiē  bùguò  háishi  tài  guì
②   飛機  票價   雖然  下  調  了  一些，不過  還是  太  貴
     le
     了。
```

第二十四課　過海關

1. 情景對話

小　姐：
Xiānsheng qǐng tiánxiě zhè fèn xíng li shēnbào dān
先生，請填寫這份行李申報單。

先　生：
Hǎo de Xiǎojiě yào bǎ dài de dōng xi quán dōu
好的。小姐，要把帶的東西全都
xiěshang ma
寫上嗎？

小　姐：
Bù yòng zhǐ tiánxiě dān shang liè jǔ de guìzhòng wù
不用，只填寫單上列舉的貴重物
pǐn jiù xíng le
品就行了。

先　生：
Xiǎojiě wǒ tián hǎo le qǐng nǐ cháduì yī xia
小姐，我填好了，請你查對一下。

小　姐：
Xíng le Qǐng wèn nǐ yǒu méiyǒu dài wài bì
行了。請問你有沒有帶外幣？

先　生：
Yǒu de dài le yī xiē gǎng bì hé měiyuán
有的，帶了一些港幣和美元。

小　姐：
Nà háiyào máfan nǐ zài tiánxiě yī fèn wài bì shēnbào
那還要麻煩你再填寫一份外幣申報
dān
單。

先　生：
Méi guān xi fǎnzhèng yào bàn lǐ nǎxiē bào guān shǒu
沒關係，反正要辦理哪些報關手
xù qǐng nǐ gào su wǒmen jiù xíng
續，請你告訴我們就行。

2. 詞語

海關 hǎiguān	海關
填寫 tiánxiě	填
申報單 shēnbào dān	申報單
全部 quánbù	冚唪唥
貴重 guìzhòng	貴重
物品 wùpǐn	物品
檢查 jiǎnchá	檢查
外幣 wàibì	外幣
港幣 gǎngbì	港紙
美元 měiyuán	美金
報關手續 bàoguān shǒuxù	報關手續

3. 知識要點

粵語助詞"添"譯成普通話的處理方式

粵語有一個常用的助詞"添",附在動詞或形容詞的後面,表示範圍進一步擴充、數量進一步增加或程度進一步增強,大致相當於普通話副詞"再"、"還"的用法,但普通話的"再"、"還"必須放在動詞、形容詞的前面,與粵語"添"的位置不同。如"填份外幣申報單添",普通話可説"再填寫一份外幣申報單"。又如粵語"爭取成績好啲添",普通話可説"爭取成績再好些。"

4. 練習

把下面的粵語説成普通話。

①件衫長啲添就啱身嘞。

②唔好行咁快,等吓小王添啦。

5. 參考答案

Zhè jiàn yī fu zài cháng yī diǎn r jiù héshēn le
① 這 件 衣服 再 長 一 點兒 就 合身 了。

Bié zǒu zhème kuài zài děngdeng Xiǎo Wáng ba
② 別 走 這麼 快, 再 等等 小 王 吧。

第二十五課　遊公園

1. 情景對話

老　陳：老李，老王，你們在越秀公園逛
Lǎo Lǐ lǎo Wáng nǐmen zài Yuèxiù gōngyuán guàng
了這麼久，累嗎？
le zhème jiǔ lèi ma

老　李：風景這麼美，湖光山色，一點也
Fēngjǐng zhème měi hú guāng shān sè yī diǎn yě
不覺得累。
bù juéde lèi

老　王：我們第一次到羊城來，能在五
Wǒmen dì yī cì dào yángchéng lái néng zài wǔ
羊石雕那裏拍個照留念，挺有意
yáng shídiāo nà li pāi ge zhào liúniàn tǐng yǒu yì
義的。
yì de

老　李：五層樓廣州博物館的展品也很
Wǔcéng lóu Guǎngzhōu bówùguǎn de zhǎnpǐn yě hěn
豐富，讓我們知道了廣州的歷史。
fēngfù ràng wǒmen zhīdào le Guǎngzhōu de lì shǐ

老　陳：明天我帶你們到白雲山，更好
Míngtiān wǒ dài nǐmen dào Báiyún shān gèng hǎo
玩，在山頂摩星嶺可以看到整個
wán zài shāndǐng Móxīnglǐng kě yǐ kàndao zhěng ge
廣州的美麗風光。
Guǎngzhōu de měi lì fēngguāng

老　王：走到山頂要很久嗎？
Zǒu dào shāndǐng yào hěnjiǔ ma

老　陳：Wǒmen kěyǐ zuò lǎnchē shàng dao Shāndǐng gōngyuán
我們　可以　坐　纜車　上　到　山頂　公園，

nàli yǒu quánguó zuì dà de tiānrán niǎolóng Míng
那裏　有　全國　最　大　的　天然　鳥籠　鳴

chūngǔ hái yǒu bù shǎo míngshèng gǔ jì
春谷，還　有　不　少　名勝　古跡。

2．詞語

公園 gōngyuán	公園
風景 fēngjǐng	風景，景色
美 měi，美麗 měilì	靚
羊城 Yángchéng	羊城
博物館 bówùguǎn	博物館
展品 zhǎn pǐn	展品
豐富 fēngfù	豐富
纜車 lǎnchē	纜車
名勝古跡 míngshèng gǔjì	名勝古跡

3．知識要點

粵語助詞"晒"譯成普通話的説法和位置

　　粵語的"晒"可用作副詞，放在動詞後面，表示動作的範圍涉及全部對象，或放在形容詞後，表示狀態遍及某對象，譯成普通話可用副詞"全"、"都"，但需放在動詞或形容詞之前，如"睇到晒成個廣州"，普通話可説"整個廣州全看到"。又如"個天黑晒"，普通話可説"天全黑了"。

4．練習

　　把下面的粵語説成普通話。
　　①你哋功課做晒未呀？
　　②咁大雨，成身都淋到濕晒。

5．參考答案

　　Nǐ de gōngkè quán zuò wán le ma
　①你的　功課　全　做　完　了　嗎？

　　Zhème dà de yǔ quánshēn dōu shī tòu le
　②這麼　大　的　雨，全身　都　濕　透　了。

54

第二十六課　遊動物園

1. 情景對話

兒子：媽，看了那麼多動物，我說最好看
還是猴子，整天跳來跳去，又會翻
跟頭。

母親：你可別學猴子這麼調皮。熊貓好
看嗎？

兒子：樣子挺有趣，不過整天睡大覺，還
是大象吃東西更過癮，一大掛
香蕉一口就吞下去了。

母親：這裏有很多小鳥，過來看看吧，這
種鳥叫八哥，會學人說話的。

兒子：咦，那邊有人敲鑼鼓，不知幹什麼呢？

母親：那是動物表演節目，很精彩的，我們
先去買票看表演吧。

2. 詞語

動物園 dòngwùyuán	動物園
猴子 hóuzi	馬騮
翻跟頭 fān gēntou	打鬪斗
調皮 tiáopí	百厭
熊貓 xióngmāo	熊貓
有趣 yǒuqù	得意
大象 dàxiàng	大笨象
小鳥 xiǎoniǎo	雀仔
八哥 bāge	鷯哥
表演節目 biǎoyǎn jiémù	表演節目

3. 知識要點

粵語"呢度"、"嗰度"的普通話譯法

　　粵語指代處所的指示名詞，近指用"呢度"、"呢處"，普通話要説"這兒"、"這裏"，如"呢度有好多雀仔"，普通話説"這兒有很多小鳥"；粵語遠指用"嗰度"、"嗰處"，普通話則説"那兒"、"那裏"，如"嗰度有人打鑼鼓"，普通話説"那裏有人敲鑼鼓"。

4. 練習

　　把下面的粵語説成普通話。
　　①嗰度咁嘈，呢度咁靜，梗係搬嚟呢度住重好啦。
　　②呢度啲嘢咁平，嗰度啲嘢咁貴。

5. 參考答案

　　　Nà li　nàme　chǎonào　zhèr　duōme　ānjìng　dāngrán　shì　bān　dào
　①　那裏　那麼　吵鬧，這兒　多麼　安靜，當然　是　搬　到

　　　zhèr　lái　zhù　gèng　hǎo　la
　　　這兒　來　住　更　好　啦

　　　Zhè li　de　dōng xi　zhème　pián yi　nà li　de　dōng xi　zhēn　guì
　②　這裏　的　東西　這麼　便宜，那裏　的　東西　真　貴。

56

第二十七課　逛花市

1. 情景對話

小李：今天是除夕夜，很多人都出來逛
　　　花市，到處都人山人海。

小王：廣州的花市色彩斑爛，真漂亮，鮮
　　　花的品種可真多，難怪人們又
　　　把廣州叫做"花城"了。

小李：小王，你看，這裏有玫瑰、芍藥、牡丹，
　　　那邊有菊花、桃花、還有水仙……

小王：咦，小李，那種花真好看，叫什
　　　麼名字？

小李：叫劍蘭，有很多種顏色的。

小王：廣州人最喜歡買哪一種花
　　　呢？

小李：那當然是金桔和四季桔了，因爲廣

zhōuhuà　jú　hé　jí　tóng　yīn　kě yǐ　tǎo　ge　hǎo　zhào
州　話　"桔"　和　"吉"　同　音，可以　討　個　好　兆

tou
頭。

2．詞語

逛花市 guàng huāshì　　　　行花市

除夕 chúxī　　　　　　　　年卅晚

色彩斑斕 sècǎi bānlán　　　五顏六色

玫瑰 méigui　　　　　　　　玫瑰

芍藥 sháoyao　　　　　　　芍藥

牡丹 mǔdan　　　　　　　　牡丹

桃花 táohuā　　　　　　　　桃花

菊花 júhuā　　　　　　　　菊花

水仙 shuǐxiān　　　　　　　水仙

劍蘭 jiànlán　　　　　　　　劍蘭

金桔 jīnjú　　　　　　　　　金桔

四季桔 sìjìjú　　　　　　　　四季桔

兆頭 zhàotou，彩頭 cǎitou　　意頭

3．知識要點

　　有些字在粵語裏同音，但普通話讀音並不相同，講粵語的人説普通話時，很容易受粵語讀音的影響而出現錯誤類推，把它們讀成同音。如粵語"桔"和"吉"同音，而普通話"桔"讀 jú，"吉"讀 jí，韻母不同；"四季桔"的"季"粵語和"貴"同音，普通話"季"讀 jì，"貴"讀 guì，聲韻母都不一樣；"芍藥"的"芍"粵語和"卓"同音，普通話"芍"讀 sháo，"卓"讀 zhuō，聲韻母也不同；"除夕"的"夕"粵語和"席"同音，普通話"夕"讀 xī，"席"讀 xí，聲調不同，粵語"夕"也和"籍"同音，聲母都是 j，但普通話"籍"讀 jí，而"夕"的聲母是 x，不能讀 j。

4. 練習

把下面一段粵語説成普通話，注意一些粵語同音字在普通話的不同讀音。

年卅晚喺花市買咗一盆芍藥同一盆四季桔，今年嘅四季桔一啲都唔貴，呢盆結咗好多桔仔，攞翻個"大吉大利"嘅好意頭啦。

5. 參考答案

Chú xī yè zài huāshì mǎi le yī pén sháoyao hé yī pén sì jì
除 夕 夜 在 花市 買 了 一 盆 芍 藥 和 一 盆 四季

jú jīnnián de sì jì jú yī diǎn r yě bù guì zhè pén jié le hěn
桔，今 年 的 四季桔 一 點兒 也 不 貴，這 盆 結 了 很

duō jú zi tǎo ge dà jí dà lì de hǎo zhào tou ba
多 桔子，討 個 "大 吉 大 利"的 好 兆 頭 吧。

第二十八課　過春節

1. 情景對話

小　張：Shíjiān guò de zhēn kuài chūnjié de jǐ tiān jià qī
時間 過 得 真 快，春節 的 幾 天 假期
yīxiàzi jiù guòqu le xiǎo Chén zhè jǐ tiān guò
一下子 就 過去 了，小 陳，這 幾 天 過
niánde jiémù hěn fēngfù ba
年的 節目 很 豐富 吧？

小　陳：Chúxī chīguo tuánniánfàn jiù zhǎo jǐ ge hǎo péngyǒu
除夕 吃過 團年飯 就 找 幾 個 好 朋友
guàng huāshì chū yī wǎnshang dào Bái'é tán kàn yàn
逛 花市，初 一 晚上 到 白鵝潭 看 燄
huǒ wǎnhuì qu le
火 晚會 去 了。

小　張：Nǐ yě tǐng xǐhuān rènao de shénme dōu qù qiáo
你 也 挺 喜歡 熱鬧 的，什麼 都 去 瞧
qiao
瞧。

小　陳：Xiànzài bù zhǔn fàng biānpào le kànkan biérén rán
現在 不 准 放 鞭炮 了，看看 別人 燃
fàng yànhuǒ yě tǐng kāixīn de
放 燄火 也 挺 開心 的。

小　張：Nián chū èr yòu shàng nǎr qu còu rènao la
年 初 二 又 上 哪兒 去 湊 熱鬧 啦？

小　陳：Nàtiān yào gēn jiā li rén yīkuàir shàng qīnqī jiā
那天 要 跟 家裏 人 一塊兒 上 親戚 家
bàinián le
拜年 了。

　　　　　Nà　yī dìng　ná　le　hěn　duō　yāsuìqián　le
小　張：那　一　定　拿　了　很　多　壓歲錢　了。

2．詞語

春節 chūnjié	春節
過年 guònián	過年
燄火 yànhuǒ	煙花
鞭炮 biānpào，爆竹 bàozhú	炮仗
年初二 nián chū èr	開年
拜年 bàinián	拜年
拿 ná，獲取 huòqǔ	逗
壓歲錢 yāsuìqián，紅包 hóngbāo	利是

3．知識要點
普通話的 h 聲母和粵語的〔f〕聲母

　　粵語聲母是〔f〕的字，有些在普通話裏聲母要讀 h，這些字大部分韻母都是合口呼的（即韻母或韻頭是 u）。由於粵語聲母〔h〕從不與〔u〕相拼，因此講粵語的人説普通話時容易按粵語發音的習慣，把普通話的聲母 h 説成 f，如情景中"花市"的"花"普通話要讀 huā，不能讀成 fā，"燄火"的"火"要讀 huǒ，不能讀成 fǒ。

4．練習
　　用普通話讀出下列詞語，請注意聲母 h 和 f 的區別。

開花 kāihuā —— 開發 kāifā	開荒 kāihuāng —— 開方 kāifāng
歡心 huānxīn —— 翻新 fānxīn	晃蕩 huàngdàng —— 放蕩 fàngdàng
虎頭 hǔtóu —— 斧頭 fǔtou	理化 lǐhuà —— 理髮 lǐfà
氣昏 qìhūn —— 氣氛 qìfēn	婚禮 hūnlǐ —— 分離 fēnlí

第二十九課　端午節

1. 情景對話

兒　子：今天來看划龍舟的人可真多。

Jīntiān lái kàn huá lóngzhōu de rén kě zhēn duō

父　親：你知道端午節爲什麼要划龍舟、吃粽子嗎？

Nǐ zhīdào Duānwǔjié wèishénme yào huá lóngzhōu chī zòngzi ma

兒　子：當然知道囉，是爲了紀念我國古代的大詩人屈原。

Dāngrán zhīdào luo shì wèi le jìniàn wǒguó gǔdài de dà shīrén Qū Yuán

父　親：你看，龍舟往這邊划過來了，真快，你追我趕，人人都用盡力氣，多緊張。

Nǐ kàn lóngzhōu wǎng zhèbiān huáguolai le zhēn kuài nǐ zhuī wǒ gǎn rén rén dōu yòng jìn lìqì duō jǐnzhāng

兒　子：我說不僅要使勁划，大家動作還要很整齊，才划得快。

Wǒ shuō bùjǐn yào shǐjìn huá dàjiā dòngzuò hái yào hěn zhěngqí cái huá de kuài

父　親：所以那個人站在船頭指揮、大聲喊口令是很重要的，做什麼事都要齊心合力才行。

Suǒyǐ nà ge rén zhàn zài chuántóu zhǐhuī dàshēng hǎn kǒulìng shì hěn zhòngyào de zuò shénme shì dōu yào qíxīn hélì cái xíng

2. 詞語

端午節 Duānwǔjié	端午節
划龍舟 huá lóngzhōu	扒龍船
粽子 zòngzi	粽
紀念 jìniàn	紀念
用力 yònglì，使勁 shǐjìn	出力
指揮 zhǐhuī	指揮
叫 jiào，喊 hǎn	嗌
口令 kǒulìng	口令
齊心合力 qíxīnhélì	齊心合力

3. 知識要點

粵語"唔單止……重"的普通話譯法

　　粵語連詞"唔單止"常用在遞進複句的前一分句，後一分句再用副詞"重"配合使用，表示除前面所説的意思外，還有更進一層的意思，"唔單止"用普通話表示，可説"不但"、"不僅"，粵語副詞"重"，普通話要説"還"，如"唔單只要出力扒，大家動作重要好齊整"，普通話説"不但要使勁划，大家動作還要很整齊"。

4. 練習

　　把下面的粵語説成普通話。

①佢唔單止自己成績好，重時時幫人哋。

②你睇嗰隻龍船唔單止扒得最快，重裝飾得好靚嘅。

5. 參考答案

　　Tā　bùjǐn　zìjǐ　chéngjì　hǎo　hái　jīngcháng　bāngzhù　biérén
① 他　不僅　自己　成績　好，還　經常　幫助　別人。

　　Nǐ　kàn　nà　lóngzhōu　bùjǐn　huá　de　zuì　kuài　hái　zhuāngshì
② 你　看　那　龍舟　不僅　划　得　最　快，還　裝飾

　　de　hěn　piàoliang
　　得　很　漂亮。

第三十課　照　相

1. 情景對話

小　王：小李，這裏的風景真美，給我拍個
Xiǎo Lǐ zhè li de fēngjǐng zhēn měi gěi wǒ pāi ge
照吧。
zhào ba

小　李：不過我很少用照相機的，也不
Bùguò wǒ hěn shǎo yòng zhàoxiàng jī de yě bù
懂調光圈。
dǒng tiáo guāngquān

小　王：不用擔心，這是"傻瓜相機"，對準了
Bùyòng dānxīn zhè shì shǎguā xiàng jī duì zhǔn le
一按就行。
yī àn jiù xíng

小　李：好啦，準備，笑一笑，行了。
Hǎo la zhǔnbèi xiào yi xiào xíng le

小　王：剛剛你按的時候，相機好像沒拿
Gānggang nǐ àn de shíhou xiàng jī hǎoxiàng méi ná
穩，再多照一張吧。
wěn zài duō zhào yī zhāng ba

小　李：爲什麼按不下呢？
Wèishénme àn bu xià ne

小　王：這膠卷可能已經照完了，我先把
Zhè jiāojuǎn kěnéng yǐ jīng zhào wán le wǒ xiān bǎ
它取下來，一會兒拿到照相館去沖洗。
tā qǔxiàlai yīhuìr nádao zhàoxiàngguǎn qù chōngxǐ

2．詞語

照片 zhàopian，相片 xiàngpian	相
照相 zhàoxiàng，拍照 pāizhào	影相
光圈 guāngquān	光圈
傻瓜相機 shǎguā xiàngjī	傻瓜機
膠卷 jiāojuǎn	菲林
沖洗相片 chōngxǐ xiàngpian	晒相
底片 dǐpian	相底
照相館 zhào xiàngguǎn	影相鋪
按 àn	撳

3．知識要點

普通話的"相片"和粵語的"相"

　　粵語"影相"的"相"所表示的意義範圍比普通話的"相片"大，它既可以指人的照片，也可以指事物的照片，而普通話"相片"只能指人的照片，"照片"才可以用於指人也可以用於指物。因此粵語的"風景相"（特指沒有人像只拍攝景物的照片），普通話不能說"相片"，只能說"照片"或"風景照"。

4．練習

　　把下面的粵語說成普通話。

①我哋呢次去黃山旅遊，影咗好多風景相。

②領身份證嘅相要去指定嘅影相鋪影㗎。

5．參考答案

①　Wǒmen zhè cì dào Huángshān lǚyóu pāi le hěn duō fēng
　　我們　這　次　到　黃　山　旅遊，拍　了　很　多　風
　　jǐngzhào
　　景照。

②　Lǐngqǔ shēnfènzhèng de xiàngpiānr yào dào zhǐdìng de zhàoxiàng
　　領取　身份證　的　相片　要　到　指定　的　照相
　　guǎn qu zhào
　　館　去　照。

第三十一課　看電影

1. 情景對話

小張：Xiǎo Chén jīntiān shì zhōumò wǎnshang kàn chǎng diànyǐng ba
小 陳，今天 是 週末，晚上 看 場 電影 吧？

小陳：Hǎo wa wǒ yě hěn jiǔ méi jìn diànyǐngyuàn le ná zhāng bàozhǐ lai kànkan yǒu shénme hǎo piān zi
好 哇，我 也 很 久 沒 進 電影院 了，拿 張 報紙 來 看看，有 什麼 好 片子。

小張：Kàn guóchǎn piānr ba wǒ bù dà ài kàn wàiguó yǐngpiānr yǒushí zěnme yě kàn bù míngbai
看 國產 片 吧，我 不 大 愛 看 外國 影片，有時 怎麼 也 看 不 明白。

小陳：Xiànzài yǒu yī bù xīn de guóchǎn wén yì piānr gāng kāishǐ shàngyìng le háishì kuān yínmù lì tǐ shēng de
現在 有 一 部 新 的 國產 文藝 片 剛 開始 上映 了，還是 寬 銀幕 立體聲 的。

小張：Nà jiù zhèng hé wǒ xīnyì wǒ juéde kàn wén yì piānr bǐ wǔdǎ piānr hǎo kàn
那 就 正 合 我 心意，我 覺得 看 文藝 片 比武打 片 好 看。

小陳：Zánmen chīguo wǎnfàn jiù gǎnkuài shàng diànyǐngyuàn mǎi piào qu
咱們 吃過 晚飯 就 趕快 上 電影院 買 票 去。

2．詞語

看電影 kàn diànyǐng　　　　睇電影

週末 zhōumò　　　　　　　週末

國産片 guó chǎn piān　　　　國産片

外國影片 wàiguó yǐngpiānr　　西片

文藝片 wényì piānr　　　　　文藝片

武打片 wǔdǎ piānr　　　　　功夫片

寬銀幕 kuānyínmù　　　　　闊銀幕

電影院 diànyǐngyuàn　　　　電影院

買票 mǎi piào　　　　　　　買飛

3．知識要點

粵語助詞"極"的普通話譯法

　　粵語的助詞"極"用在動詞後面，表示用盡全力或用盡任何辦法做某事，這一用法的"極"，普通話沒有相對應的詞語對譯，要採用其他形式表示，一般可説成"怎麼"，但位置與"極"不同，要放在動詞前，如情景中"睇極都唔明"，普通話應説"怎麼看也看不明白"。

4．練習

　　把下面的粵語説成普通話。

　　①點解嗌極佢都唔肯嚟嘅？

　　②今日好似食極都唔飽噉嘅。

5．參考答案

　　　　Wèishénme zěnme jiào tā yě bù kěn lái ne

　　① 爲什麼 怎麼 叫 他 也 不 肯 來 呢？

　　　　Jīntiān hǎoxiàng zěnme chī yě chī bu bǎo shì de

　　② 今天 好像 怎麼 吃 也 吃 不 飽 似 的。

第三十二課　看電視

1. 情景對話

小 王：小 李，中 央 台 的 新聞 聯播 節目 已經
　　　Xiǎo Lǐ Zhōngyāngtái de xīnwén liánbō jiémù yǐ jīng

　　　播 完 了，該 轉 到 哪 個 頻道 呢？
　　　bō wán le gāi zhuǎn dao nǎ ge píndào ne

小 李：今晚 珠江台 有 球賽 實況 轉播，看看
　　　Jīnwǎn Zhūjiāngtái yǒu qiúsài shíkuàng zhuǎnbō kànkan

　　　開始 了 沒有？
　　　kāishǐ le méiyǒu

小 王：遙控器 放 在 哪兒？
　　　Yáokòngqì fàng zài nǎr

小 李：喔，在 這兒，讓 我 來 按 吧。
　　　Ō zài zhèr ràng wǒ lai àn ba

小 王：轉播 還 沒 開始，先 看看 這 部 連續劇
　　　Zhuǎnbō hái méi kāishǐ xiān kànkan zhè bù liánxù jù

　　　也 好，你 平時 每天 晚上 都 看 這 部
　　　yě hǎo nǐ píngshí měitiān wǎnshang dōu kàn zhè bù

　　　連續劇 嗎？
　　　liánxù jù ma

小 李：沒 看，我 愛 看 那些 知識性 的 綜合 節
　　　Méi kàn wǒ ài kàn nàxiē zhīshíxìng de zōnghé jié

　　　目。
　　　mù

小 王：唉呀，才 看 了 一會兒 就 播 廣告，老 是
　　　Àiya cái kàn le yīhuìr jiù bō guǎnggào lǎo shì

　　　把 節目 給 打斷 了，真 掃興。
　　　bǎ jiémù gěi dǎduàn le zhēn sǎoxìng

Háishì àn huí Zhūjiāngtái ba qiúsài zhuǎnbō gāi kāi
小 李：還是 按 回 珠江台 吧，球賽 轉播 該 開
shǐ le
始了。

2．詞語

電視 diànshì	電視
中央台 Zhōngyāngtái	中央台
新聞聯播 xīnwén liánbō	新聞聯播
實況轉播 shí kuàng zhuǎnbō	實況轉播
連續劇 liánxùjù	連續劇
頻道 píndào	頻道
遙控器 yáokòngqì	遙控器
按 àn	撳
廣告 guǎnggào	廣告
掃興 sǎoxìng，沒趣 méiqù	冇癮

3．知識要點
普通話和粵語某些疑問句的不同表達方式

粵語常把否定副詞"未"放在句末，構成疑問句，詢問是否出現某些情況或發出某動作，説普通話時應把"未"改爲"沒有"，或不用否定詞而改用疑問語氣詞"嗎"，如"實況轉播開始咗未"，普通話要説"實況轉播開始了沒有"或"實況轉播開始了嗎"。另外，粵語詢問對方是否從事某一活動，還常用"有冇"放在動詞前構成疑問句，但普通話習慣上一般不在動詞前加上"有沒有"表示這一意思，如"你有冇晚晚都睇呢出連續劇"，普通話要説"你每晚都看這部連續劇嗎"或"你每晚看沒看這部連續劇"，而一般不説"你每晚有沒有看這部連續劇"。

4．練習
把下面的粵語説成普通話。
①你食咗飯未？
②你有冇去過西安呀？

5．参考答案

Nǐ chī guo fàn le méiyǒu　Nǐ chīfàn le ma
①你 吃 過 飯 了 没 有？(你 吃飯 了 嗎?)

Nǐ dàoguo Xī'ān méiyǒu　Nǐ dào méi dàoguo Xī'ān
②你 到 過 西安 没 有？(你 到 没 到過 西安?)

第三十三課　看　戲

1. 情景對話

小 王：今晚 我 是 第 一 次 看 粵劇，想 不 到
　　　Jīnwǎn wǒ shì dì yī cì kàn yuèjù xiǎng bu dào
　　　也 挺 好 看 的，光 是 那些 戲服 就 很
　　　yě tǐng hǎo kàn de guāng shì nàxiē xìfú jiù hěn
　　　有 欣賞 價值 了。
　　　yǒu xīnshǎng jiàzhí le

小 李：剛才 出台 的 有 不 少 都 是 名演
　　　Gāngcái chū tái de yǒu bù shǎo dōu shì míngyǎn
　　　員，所以 全場 滿座，那 個 花旦 嗓音
　　　yuán suǒyǐ quánchǎng mǎnzuò nà ge huādàn sǎngyīn
　　　還 特別 好。
　　　hái tèbié hǎo

小 王：唱 腔 是 很 動聽，不過 有些 唱詞 不
　　　Chàngqiāng shì hěn dòngtīng bùguò yǒuxiē chàngcí bù
　　　大 聽 得 懂。
　　　dà tīng de dǒng

小 李：舞台 旁邊 有 字幕，你 没 看 嗎？
　　　Wǔtái pángbiān yǒu zìmù nǐ méi kàn ma

小 王：我 常 常 光 注意 看 他們 演戲，那
　　　Wǒ chángchang guāng zhùyì kàn támen yǎnxì nà
　　　個 醜角 演 得 很 詼諧，我 最 愛 看 了。
　　　ge chǒujué yǎn de hěn huīxié wǒ zuì ài kàn le

小 李：今晚 這 出 是 唱工 爲 主 的 文戲，以
　　　Jīnwǎn zhè chū shì chànggōng wéi zhǔ de wénxì yǐ
　　　後 再 請 你 看看 武戲 吧，那些 武打 功
　　　hòu zài qǐng nǐ kànkan wǔxì ba nàxiē wǔdǎ gōng

<pre>
fu yě shì hěn lì hai de
夫 也 是 很 屬害 的。
</pre>

2. 詞語

粵劇 yuèjù	大戲
戲服 xìfú	戲服
唱腔 chàngqiāng	唱腔
著名演員 zhùmíng yǎnyuán	大老倌
花旦 huādàn	花旦
醜角 chǒujué	白鼻哥
嗓音好 sǎngyīn hǎo	好唱口
詼諧 huīxié，滑稽 huáji	鬼馬
舞台 wǔtái	舞台
字幕 zìmù	字幕
演戲 yǎnxì	做戲

3. 知識要點

粵語判斷句末語氣詞"嚟㗎"的普通話説法

粵語的判斷句有時爲了加强判斷語氣，常在句末加上語氣詞"嚟㗎"或"嚟嘅"，一些講粵語的人説普通話時往往按粵語的表達習慣，直譯成"是……來的"，其實普通話並没有這種表達方式，應把句末"來的"去掉，如"出台的都係大老倌嚟㗎"，普通話只説"出台的都是名演員"，後面不能再加上"來的"。

4. 練習

把下面的粵語説成普通話。
①呢個大老倌係呢出戲嘅主角嚟㗎。
②今晚我哋去睇嘅大戲係一出喜劇嚟嘅。

5. 參考答案

<pre>
   Zhè ge míng yǎnyuán shì zhè chū xì de zhǔjué
① 這 個 名 演員 是 這 出 戲 的 主角。
   Jīnwǎn wǒmen qù kàn de yuèjù shì yī chū xǐ jù
② 今晚 我們 去 看 的 粵劇 是 一 出 喜劇。
</pre>

第三十四課　看雜技

1. 情景對話

小　陳：<ruby>小<rt>Xiǎo</rt></ruby> <ruby>王<rt>Wáng</rt></ruby>，<ruby>明<rt>míng</rt></ruby><ruby>晚<rt>wǎn</rt></ruby> <ruby>咱<rt>zán</rt></ruby><ruby>們<rt>men</rt></ruby> <ruby>一<rt>yī</rt></ruby><ruby>塊<rt>kuài</rt></ruby><ruby>兒<rt>r</rt></ruby> <ruby>去<rt>qù</rt></ruby> <ruby>看<rt>kàn</rt></ruby> <ruby>雜<rt>zá</rt></ruby><ruby>技<rt>jì</rt></ruby>
<ruby>演<rt>yǎn</rt></ruby><ruby>出<rt>chū</rt></ruby> <ruby>吧<rt>ba</rt></ruby>，<ruby>我<rt>wǒ</rt></ruby> <ruby>有<rt>yǒu</rt></ruby> <ruby>兩<rt>liǎng</rt></ruby> <ruby>張<rt>zhāng</rt></ruby> <ruby>票<rt>piào</rt></ruby>。

小　王：<ruby>雜<rt>Zá</rt></ruby><ruby>技<rt>jì</rt></ruby> <ruby>有<rt>yǒu</rt></ruby><ruby>些<rt>xiē</rt></ruby> <ruby>節<rt>jié</rt></ruby><ruby>目<rt>mù</rt></ruby>，<ruby>像<rt>xiàng</rt></ruby> <ruby>什<rt>shén</rt></ruby><ruby>麼<rt>me</rt></ruby> <ruby>空<rt>kōng</rt></ruby><ruby>中<rt>zhōng</rt></ruby> <ruby>飛<rt>fēi</rt></ruby> <ruby>人<rt>rén</rt></ruby>，
<ruby>很<rt>hěn</rt></ruby> <ruby>危<rt>wēi</rt></ruby><ruby>險<rt>xiǎn</rt></ruby>，<ruby>很<rt>hěn</rt></ruby> <ruby>怕<rt>pà</rt></ruby><ruby>人<rt>rén</rt></ruby> <ruby>的<rt>de</rt></ruby>。

小　陳：<ruby>那<rt>Nà</rt></ruby><ruby>些<rt>xiē</rt></ruby> <ruby>雜<rt>zá</rt></ruby><ruby>技<rt>jì</rt></ruby> <ruby>演<rt>yǎn</rt></ruby><ruby>員<rt>yuán</rt></ruby> <ruby>藝<rt>yì</rt></ruby> <ruby>高<rt>gāo</rt></ruby> <ruby>人<rt>rén</rt></ruby> <ruby>膽<rt>dǎn</rt></ruby> <ruby>大<rt>dà</rt></ruby>，<ruby>又<rt>yòu</rt></ruby> <ruby>有<rt>yǒu</rt></ruby>
<ruby>足<rt>zú</rt></ruby><ruby>够<rt>gòu</rt></ruby> <ruby>的<rt>de</rt></ruby> <ruby>安<rt>ān</rt></ruby><ruby>全<rt>quán</rt></ruby> <ruby>保<rt>bǎo</rt></ruby><ruby>護<rt>hù</rt></ruby> <ruby>措<rt>cuò</rt></ruby><ruby>施<rt>shī</rt></ruby>，<ruby>不<rt>bù</rt></ruby><ruby>用<rt>yòng</rt></ruby> <ruby>擔<rt>dān</rt></ruby><ruby>心<rt>xīn</rt></ruby>。

小　王：<ruby>魔<rt>Mó</rt></ruby><ruby>術<rt>shù</rt></ruby> <ruby>倒<rt>dào</rt></ruby><ruby>是<rt>shì</rt></ruby> <ruby>挺<rt>tǐng</rt></ruby> <ruby>有<rt>yǒu</rt></ruby><ruby>趣<rt>qù</rt></ruby> <ruby>的<rt>de</rt></ruby>，<ruby>變<rt>biàn</rt></ruby><ruby>幻<rt>huàn</rt></ruby> <ruby>莫<rt>mò</rt></ruby><ruby>測<rt>cè</rt></ruby>，<ruby>神<rt>shén</rt></ruby><ruby>奇<rt>qí</rt></ruby>
<ruby>極<rt>jí</rt></ruby> <ruby>了<rt>le</rt></ruby>。

小　陳：<ruby>我<rt>Wǒ</rt></ruby> <ruby>就<rt>jiù</rt></ruby> <ruby>愛<rt>ài</rt></ruby> <ruby>看<rt>kàn</rt></ruby> <ruby>那<rt>nà</rt></ruby><ruby>些<rt>xiē</rt></ruby> <ruby>驚<rt>jīng</rt></ruby><ruby>險<rt>xiǎn</rt></ruby> <ruby>的<rt>de</rt></ruby>，<ruby>像<rt>xiàng</rt></ruby> <ruby>走<rt>zǒu</rt></ruby><ruby>鋼<rt>gāng</rt></ruby><ruby>絲<rt>sī</rt></ruby>、
<ruby>高<rt>gāo</rt></ruby><ruby>台<rt>tái</rt></ruby> <ruby>踢<rt>tī</rt></ruby> <ruby>碗<rt>wǎn</rt></ruby> <ruby>之<rt>zhī</rt></ruby><ruby>類<rt>lèi</rt></ruby> <ruby>的<rt>de</rt></ruby> <ruby>才<rt>cái</rt></ruby> <ruby>够<rt>gòu</rt></ruby> <ruby>刺<rt>cì</rt></ruby><ruby>激<rt>jī</rt></ruby>。

小　王：<ruby>這<rt>Zhè</rt></ruby> <ruby>就<rt>jiù</rt></ruby> <ruby>叫<rt>jiào</rt></ruby> "<ruby>蘿<rt>luó</rt></ruby><ruby>蔔<rt>bo</rt></ruby> <ruby>白<rt>bái</rt></ruby><ruby>菜<rt>cài</rt></ruby>，<ruby>各<rt>gè</rt></ruby> <ruby>有<rt>yǒu</rt></ruby> <ruby>所<rt>suǒ</rt></ruby> <ruby>愛<rt>ài</rt></ruby>"。

小　陳：<ruby>雜<rt>Zá</rt></ruby><ruby>技<rt>jì</rt></ruby> <ruby>節<rt>jié</rt></ruby><ruby>目<rt>mù</rt></ruby> <ruby>的<rt>de</rt></ruby> <ruby>風<rt>fēng</rt></ruby><ruby>格<rt>gé</rt></ruby> <ruby>多<rt>duō</rt></ruby> <ruby>種<rt>zhǒng</rt></ruby> <ruby>多<rt>duō</rt></ruby> <ruby>樣<rt>yàng</rt></ruby>，<ruby>一<rt>yī</rt></ruby><ruby>定<rt>dìng</rt></ruby>
<ruby>能<rt>néng</rt></ruby><ruby>够<rt>gòu</rt></ruby> <ruby>滿<rt>mǎn</rt></ruby><ruby>足<rt>zú</rt></ruby> <ruby>觀<rt>guān</rt></ruby><ruby>衆<rt>zhòng</rt></ruby> <ruby>的<rt>de</rt></ruby> <ruby>不<rt>bù</rt></ruby> <ruby>同<rt>tóng</rt></ruby> <ruby>愛<rt>ài</rt></ruby><ruby>好<rt>hào</rt></ruby> <ruby>的<rt>de</rt></ruby>。

2. 詞語

雜技 zájì	雜技
空中飛人 kōngzhōng fēi rén	空中飛人
魔術 móshù	魔術
走鋼絲 zǒu gāngsī	踩鋼線
高台踢碗 gāo tái tī wǎn	高台踢碗
驚險 jīngxiǎn	驚險
神奇 shénqí	神奇
變幻莫測 biànhuàn mò cè	變幻莫測
危險 wēixiǎn	牙煙
怕人 pàrén，使人害怕 shǐ rén hàipà	得人驚

3. 知識要點

普通話"好像"和粵語"好似"的不同用法

粵語"好似"有三種意義，譯成普通話要用不同的說法。①表示似乎、彷彿，這一意義普通話可說"好像"，如"好似要落雨嘞"，普通話可說"好像要下雨了"。②"好"是程度副詞，修飾"似"，表示很相似，普通話要說"很像"，如"佢嘅樣好似佢大佬"，普通話要說"他的樣子很像他哥哥"。③用作舉例時的開始語，這一用法普通話要說"像，比如"，如"好似踩鋼線、高台踢碗之類"，普通話要說"像（或"比如"）走鋼絲、高台踢碗之類"。可見粵語的"好似"用法比普通話"好像"要多，只有粵語的第一種意義普通話可說"好像"，另兩種用法普通話一般都不譯成"好像"。

4. 練習

把下面的粵語說成普通話。
①雜技包括各種技藝表演，好似車技、口技、魔術、踩鋼線等等。
②佢做嘢嗰陣好似唔知乜嘢叫做癐。

5. 參考答案

Zá jì	bāokuò	gèzhǒng	jì yì	biǎoyǎn	xiàng	chē jì	kǒu jì	móshù
① 雜技	包括	各種	技藝	表演，	像	車技、	口技、	魔術、

<pre>
zǒu   gāng sī   děngděng
走   鋼絲   等等。
</pre>

<pre>
     Tā gànhuó de shíhou hǎoxiàng bù zhīdào shénme shì lèi
② 他 幹活   的   時候   好像   不 知道   什麽   是 累。
</pre>

第三十五課　聽廣播

1. 情景對話

小張：小李，你的業餘時間除了看電視，還聽廣播嗎？
Xiǎo Lǐ nǐ de yèyú shíjiān chú le kàn diànshì hái tīng guǎngbō ma

小李：我是經常聽的，電台的新聞節目內容往往比電視快，播出的次數也比電視要多。
Wǒ shì jīngcháng tīng de diàntái de xīnwén jiémù nèiróng wǎngwang bǐ diànshì kuài bō chū de cì shù yě bǐ diànshì yào duō

小張：那有了收音機就可以迅速知道國內外大事了。
Nà yǒu le shōuyīnjī jiù kěyǐ xùnsù zhīdào guó nèi wài dàshì le

小李：中午和傍晚很多電台都有小說連播節目，可以邊吃飯邊聽故事。
Zhōngwǔ hé bàngwǎn hěn duō diàntái dōu yǒu xiǎo shuō liánbō jiémù kěyǐ biān chīfàn biān tīng gùshì

小張：聽說有些電台開設了教育節目。
Tīngshuō yǒuxiē diàntái kāishè le jiàoyù jiémù

小李：廣東電台還專門有個英語台，每天有各種英語講座，經常收聽對提高聽力很有好處。
Guǎngdōng diàntái hái zhuānmén yǒu ge Yīngyǔtái měi tiān yǒu gèzhǒng yīngyǔ jiǎngzuò jīngcháng shōutīng duì tígāo tīnglì hěn yǒu hǎochù

76

Nà wǒ yě yào mǎi tái shōuyīn jī le
小　張：那 我 也 要 買 台 收音機 了。

2．詞語

廣播 guǎngbō　　　　　　　　廣播

收聽 shōutīng　　　　　　　　收聽

電台 diàntái　　　　　　　　　電台

收音機 shōuyīnjī　　　　　　　收音機

新聞節目 xīnwén jiémù　　　　新聞節目

小説連播 xiǎoshuō liánbō　　　小説連播

講故事 jiǎng gùshi　　　　　　講古，講古仔

講座 jiǎngzuò　　　　　　　　講座

3．知識要點

普通話比較句和粵語的差別

　　粵語比較句常用"甲＋形容詞＋過＋乙"的格式，如"電台嘅新聞節目內容快過電視，播出嘅次數亦多過電視"，普通話不能這樣説，要使用"甲＋比＋乙＋形容詞"的格式，如上兩句普通話應説成"電台的新聞節目內容比電視快，播出的次數也比電視多"。

4．練習

　　把下面的粵語説成普通話。

　　①我聽廣播重多過睇電視。

　　②呢架收音機靚過嗰架好多。

5．參考答案

Wǒ tīng guǎngbō bǐ kàn diànshì hái duō
①　我 聽 廣播 比 看 電視 還 多。

Zhè tái shōuyīn jī bǐ nà tái hǎo de duō
②　這 台 收音機 比 那 台 好 得 多。

第三十六課　欣賞音樂

1. 情景對話

老　陳：老王，這台組合音響剛買不久，你
是音樂迷，今天特意請你來聽聽。

老　王：欣賞音樂可以陶冶性情，你有些什
麼外國古典音樂的好唱片？流行
音樂我不算太喜歡。

老　陳：我買了些激光唱片，都是外國
名曲改編的輕音樂，整套的交響樂
就沒有了。

老　王：就聽這張吧，全都是些旋律優
美的管弦樂曲。

老　陳：這音響質量怎麼樣，會失真嗎？

老　王：音質不錯，要是把兩個揚聲器的距
離再拉開點，立體聲就更明顯了。

2. 詞語

欣賞 xīnshǎng	欣賞
音樂 yīnyuè	音樂
狂熱的愛好者 kuángrè de àihàozhě	發燒友
名曲 míngqǔ	名曲
交響樂 jiāoxiǎngyuè	交響樂
管弦樂 guǎnxiányuè	管弦樂
旋律優美 xuánlǜ yōuměi	旋律優美
組合音響 zǔhé yīnxiǎng	組合音響
激光唱片 jīguāng chàngpiānr	鐳射唱碟
揚聲器 yángshēngqì	音箱
音質 yīnzhì	音質
立體聲 lìtǐshēng	立體聲
失真 shīzhēn	失真

3. 知識要點

普通話的 x 聲母和粵語的〔j〕聲母

　　粵語聲母〔j〕的字，有一部分在普通話裏聲母變爲 x，講粵語的人説普通話時容易受粵語讀音的影響，把聲母 x 失落而唸成零聲母。如"欣賞"的"欣"粵語與"因"同音，普通話"欣"要讀 xīn，與"因"不同音，不能漏掉聲母 x 而讀成"因"（yīn）。另外"管弦樂"的"弦"粵語與"言"同音，普通話"弦"要讀 xián，不能讀成"言"（yán）。與此類似的還有"現、縣、形、懸、穴、旭"等字，普通話的聲母也是 x。

4. 練習

　　用普通話讀出下列詞語，注意粵語〔j〕聲母而普通話聲母是 x 的字的正確讀音。

　　穴位 xuéwèi——越位 yuèwèi

　　縣長 xiànzhǎng——院長 yuànzhǎng

　　實現 shíxiàn——實驗 shíyàn

　　懸心 xuánxīn——圓心 yuánxīn

欣慰 xīnwèi ——因爲 yīnwèi
形狀 xíngzhuàng ——營帳 yíngzhàng

第三十七課　跳　舞

1. 情景對話

小　張：小李，星期六晚上我們單位舉辦
Xiǎo Lǐ xīng qī liù wǎnshang wǒmen dānwèi jǔ bàn
交誼舞會，咱們一塊兒去玩玩吧。
jiāo yì wǔhuì zánmen yī kuài r qù wánwan ba

小　李：我這人笨手笨脚的，跳舞一點兒
Wǒ zhè rén bèn shǒu bèn jiǎo de tiàowǔ yī diǎn r
也不會，去了也是白搭。
yě bù huì qù le yě shì bái dā

小　張：別擔心，很容易學的，我教你，管保
Bié dānxīn hěn róng yì xué de wǒ jiāo nǐ guǎnbǎo
你學得會。
nǐ xué de huì

小　李：好吧，試試看，跳得不好可別笑話
Hǎo ba shìshi kàn tiào de bù hǎo kě bié xiàohuà
我。
wǒ

小　張：星期天在友誼劇院有個舞蹈晚會，
Xīng qī tiān zài Yǒu yì jù yuàn yǒu ge wǔdǎo wǎnhuì
有芭蕾舞、拉丁舞、現代舞的演出，去看看
yǒu bā lěi wǔ lā dīng wǔ xiàndài wǔ de yǎnchū qù kànkan
吧。
ba

小　李：光是跳來跳去，不說話，没啥意
Guāng shì tiào lái tiào qù bù shuō huà méi shá yì
思。
si

81

小 張：
Wǔdǎo yě yǒu wǔdǎo de yǔyán nǐ kàn bù dǒng
舞蹈 也 有 舞蹈 的 語言，你 看 不 懂

de huà qù kànkan nàxiē yōuměi de dòngzuò zī tài
的 話，去 看看 那些 優美 的 動作 姿態

yě shì yī zhǒng xiǎngshòu
也 是 一 種 享受。

小 李：
Nà jiù qù kànkan ba shuō bu dìng duì xué tiào
那 就 去 看看 吧，說 不 定 對 學 跳

jiāoyìwǔ huì yǒu bāngzhù
交誼舞 會 有 幫助。

2. 詞語

跳舞 tiàowǔ	跳舞
舞蹈 wǔdǎo	舞蹈
交誼舞 jiāoyìwǔ	交誼舞
芭蕾舞 bālěiwǔ	芭蕾舞
現代舞 xiàndàiwǔ	現代舞
演出 yǎnchū	演出
優美 yōuměi	優美
動作 dòngzuò	動作
姿態 zītài	姿態
笨手笨腳 bèn shǒu bèn jiǎo	論盡
說話 shuōhuà	講嘢

3. 知識要點

　　有些字粵語同音，但普通話聲調却不同，講粵語的人說普通話時要注意避免受粵語的影響，把普通話的聲調讀錯。如"舞蹈"的"蹈"粵語與"稻"同音，都讀去聲，普通話"稻"讀去聲，"蹈"却讀上聲，音 dǎo；又如"交誼舞"的"誼"粵語與"宜"同音，普通話"宜"讀陽平音 yí，"誼"却讀去聲，音 yì。再如"芭蕾舞"的"蕾"粵語與"雷"同音，普通話"雷"讀陽平，音 léi，"蕾"却讀上聲，音 lěi。

4. 練習

用普通話讀出下列詞語和句子，注意讀準帶點字的聲調。

①花蕾 huālěi　情誼 qíngyì　手舞足蹈 shǒu　wǔ　zú　dǎo

②明晚俄羅斯舞蹈團在友誼劇院演出芭蕾舞劇。

Míngwǎn　Éluósī　wǔdǎotuán　zài　Yǒuyì　jùyuàn　yǎnchū　bālěi　wǔjù。

第三十八課　聽相聲

1. 情景對話

小　陳：小　王，你　在　收聽　什麼　節目？怎麼　對

Xiǎo Wáng nǐ zài shōutīng shénme jiémù Zěnme duì

着　收音機　哈哈　笑　的？

zhe shōuyīn jī hāhā xiào de

小　王：正在　聽　相　聲　呢，真　把　我　肚子　也

Zhèngzài tīng xiàngsheng ne zhēn bǎ wǒ dù zi yě

笑　痛　了。

xiào tòng le

小　陳：相　聲　是　很　逗笑　的，"笑　一　笑，十

xiàngsheng shì hěn dòuxiào de xiào yi xiào shí

年　少"嘛，多　聽　相　聲　有　益　身心。

nián shào ma duō tīng xiàngsheng yǒu yì shēnxīn

小　王：這　相　聲　的　內容　也　挺　有　教育　意義

Zhè xiàngsheng de nèiróng yě tǐng yǒu jiàoyù yìyì

的，説　相　聲　的　演員　又　説　得　很　詼

de shuō xiàngsheng de yǎnyuán yòu shuō de hěn huī

諧。

xié

小　陳：你　剛　聽　的　這　相　聲　有　多少　個　演

Nǐ gāng tīng de zhè xiàngsheng yǒu duōshǎo ge yǎn

員　表演　的？

yuán biǎoyǎn de

小　王：相　聲　不　都　是　兩　個　人　説　的　嗎？

Xiàngsheng bù dōu shì liǎng ge rén shuō de ma

小　陳：那　也　不　一定，大多數　是　兩　人　合　説

Nà yě bù yīdìng dàduōshù shì liǎng rén hé shuō

84

de   duìkǒu   xiàngsheng   bùguò   yě   yǒu   dānkǒu   xiàngsheng
的   對口   相   聲，不過   也   有   單口   相   聲

hé   qúnkǒu   xiàngsheng
和   群口   相   聲。

2．詞語

相聲 xiàngsheng   相聲
哈哈笑 hāhāxiào   騎騎笑
笑得肚子痛 xiào de dùzi tòng   笑到肚赤
逗笑 dòuxiào，逗樂 dòulè   搞笑
生動 shēngdòng，詼諧 huīxié   生鬼
對口相聲 duìkǒu xiàngsheng   對口相聲
單口相聲 dānkǒu xiàngsheng   單口相聲
群口相聲 qúnkǒu xiàngsheng   群口相聲

3．知識要點

粵語連接程度補語的"到"的普通話譯法

　　粵語常在動詞或形容詞後面加上助詞"到"，然後再帶上表示程度的補語，如"笑到我肚都赤嘞"，普通話的"到"沒有這種用法，說普通話時要把粵語的"到"換成"得"，如前面一句粵語，普通話要說"笑得我肚子也痛了"，有時也可以換成"把"字句，如"把我肚子也笑痛了"。

4．練習

　　把下面的粵語說成普通話。
　　①今日行咗咁耐，癐到都行唔郁嘞。
　　②你凍到打冷震，梗係着衫少得滯喇。

參考答案

Jīntiān   zǒu   le   zhème   jiǔ   lèi   de   zǒu   bu   dòng   le
①　今天　走　了　這麼　久，累　得　走　不　動　了。

Nǐ   lěng   de   fā dǒu   yī dìng   shì   chuān   yī fu   tài   shǎo   le
②　你　冷　得　發抖，一定　是　穿　衣服　太　少　了。

85

第三十九課　卡拉 OK

1. 情景對話

小　張：
Jīnwǎn de kǎlā'ōukèi gāi shuí xiān chàng
今晚 的 卡拉 OK 該 誰 先 唱？

小　王：
Yě gāi lún dao Xiǎo Lǐ la nǐ lǎoshi bùkěn ràng
也 該 輪 到 小 李 啦，你 老是 不肯 讓
wǒmen tīngting nǐ de jīnsǎng zi
我們 聽聽 你 的 金嗓子。

小　李：
Wǒ bù xíng sǎng zi shāyǎ chàng de hěn nántīng
我 不 行，嗓子 沙啞，唱 得 很 難聽
de
的。

小　王：
Pà shénme dàjiā wánwan kāikaixīn ma
怕 什麼，大家 玩玩，開開心 嘛。

小　李：
Chàng jiù chàng ba xuǎn shǒu héyì de gē wǒ kě
唱 就 唱 吧，選 首 合意 的 歌，我 可
bù dǒng chàng nàxiē qiángjìng de liúxíng gēqǔ
不 懂 唱 那些 強勁 的 流行 歌曲。

小　張：
Wǒ lái gěi nǐ xuǎn shǒu huáijiù gēqǔ ba Yǒu
我 來 給 你 選 首 懷舊 歌曲 吧。有
le jiù zhè shǒu ba bǎ màikèfēng gěi nǐ ná zhe
了，就 這 首 吧，把 麥克風 給 你 拿 着
chàng
唱 。

小　李：
Nà wǒ jiù xiànchǒu le chàng de zǒudiào nǐ men kě
那 我 就 獻醜 了，唱 得 走調 你們 可
bié xiàohua
別 笑話。

2．詞語

卡拉 OK kǎlā'ōukèi	卡拉 OK
嗓子沙啞 sǎngzi shāyǎ	豆沙喉
難聽 nántīng，難看 nánkàn	肉酸
開心 kāixīn	開心
合意的歌 hé yì de gē	心水歌
強勁的流行歌曲 qiángjìng de liúxíng gēqǔ	勁歌
懷舊歌曲 huáijiù gēqǔ	懷舊歌
麥克風 màikèfēng，話筒 huàtǒng	咪
獻醜 xiànchǒu	獻醜
走調 zǒudiào	走音

3．知識要點

普通話的"聽聽"和粵語的"聽吓"

　　粵語表示動作的短暫、輕微或嚐試，口語的常見說法是在動詞後加"吓"，普通話一般是把動詞重疊，或重疊後中間加"一"字，也可在動詞後加"一下"，但不能光加"下"字。如"聽吓"、"玩吓"，普通話要說"聽聽（聽一聽、聽一下）"和"玩玩（玩一玩、玩一下）"。

4．練習

　　把下面的粵語說成普通話。
　　①今晚我哋一齊去卡拉 OK 玩吓囉。
　　②星期日去野外燒烤，你哋諗吓要帶啲乜嘢。

5．參考答案

　　　　Jīnwǎn　zánmen　yī kuài r　shàng　kǎ lā'ōukèi　wánwan　ba
　①　今晚　　咱們　　一塊兒　　上　　卡拉 OK　　玩玩　　吧。

　　　　Xīng qī tiān　dào　yě wài　shāokǎo　nǐ men　xiǎngxiang　yào　dài　xiē
　②　星期天　　到　　野外　燒烤，你們　　想想　　要　帶　些
　　shénme　dōng xi
　　什麼　　東西。

第四十課　參加晚會

1. 情景對話

小　王：今晚 慶祝 藝術節 開幕 的 這 台 晚會 節目 可 真 豐富。

小　李：雖然 都 是 業餘 演員，但 大家 的 演出 都 很 投入。

小　王：我 最 愛 看 那些 喜劇 小品 了，短小 精悍，又 挺 風趣 的。

小　李：聽說 都 是 他們 自己 創作 的，笑料 的 編排 也 挺 合理 的。

小　王：歌舞 的 水平 也 不 錯，十分 像 專業 演員。

小　李：化裝 還 很 像樣子 的。

小　王：如果 晚會 能夠 安排 一些 觀衆 參加 的 節目，增加 一些 娛樂性，那 就 更 熱鬧 了。

88

2．詞語

參加 cānjiā	參加
晚會 wǎnhuì	晚會
節目 jiémù	節目
藝術節 yìshùjié	藝術節
演出 yǎnchū	演出
投入 tóurù	投入
喜劇小品 xǐjù xiǎopǐn	喜劇小品
創作 chuàngzuò	創作
歌舞 gēwǔ	歌舞
十分像 shífēn xiàng	似足
專業演員 zhuānyè yǎnyuán	專業演員
化裝 huàzhuāng	化裝
像樣子 xiàng yàngzi， 　　　有派頭 yǒu pàitóu	有型有款
觀衆 guānzhòng	觀衆

3．知識要點

粵語動詞、形容詞後面"添"的普通話譯法

　　粵語動詞或形容詞後面的"添"，表示範圍的擴充、數量的增加或程度的增強等意義，普通話往往沒有完全對應的詞語可以直接對譯，可根據具體的語句，用副詞"再"、"更"、"還"等表示，但普通話這些副詞都必須放在動詞或形容詞的前面，位置與粵語的"添"並不同。如"噉就重會熱鬧啲添"，普通話可以説"那就會更熱鬧些"。

4．練習

　　把下面的粵語説成普通話。
　　①唔好行住，等吓佢添啦。
　　②啲布嘅色水淺啲添就好睇嘞。

5. 参考答案

Xiān bié zǒu zài děngdeng tā ba
① 先 别 走，再 等 等 他 吧。

Zhè bù de yánsè zài qiǎn xiē jiù hǎo kàn le
② 這 布 的 顏色 再 淺 些 就 好 看 了。

第四十一課　彈奏樂器

1. 情景對話

小 陳：小 王，明 晚 的 聯 歡 晚 會 聽 説 你
們 有 個 民 樂 小 合 奏 的 節 目，有 哪 些
樂 器 呢？

小 王：有 二 胡、高 胡、揚 琴、簫 和 笛 子，打 算 演
奏 幾 首 廣 東 音 樂 和 江 南 絲 竹 樂。

小 陳：民 間 音 樂 的 旋 律 都 很 優 美 的。晚 會
上 有 人 獨 奏 的 嗎？

小 王：有 個 節 目 是 吉 他 自 彈 自 唱，還 有
個 小 提 琴 獨 奏。

小 陳：小 提 琴 音 色 柔 和，表 現 力 豐 富，我 覺 得 比
鋼 琴 好 聽。

小 王：各 有 特 色 吧，小 提 琴 的 演 奏 指 法 是 很
講 究 的，要 拉 得 好 聽 也 不 容 易。

2．詞語

彈奏 tánzòu　　　彈奏

樂器 yuèqì　　　　樂器

合奏 hézòu　　　　合奏

獨奏 dúzòu　　　　獨奏

二胡 èrhú　　　　　二胡

琵琶 pípɑ　　　　　琵琶

揚琴 yángqín　　　揚琴

簫 xiāo　　　　　　簫

笛子 dízi　　　　　笛

吉他 jítā　　　　　結他

小提琴 xiǎotíqín　小提琴

鋼琴 gāngqín　　　鋼琴

指法 zhǐfǎ　　　　指法

3．知識要點

粵語一些去聲字在普通話要轉為陰平

有些字的聲調在普通話和粵語裏並非完全對應，如"鋼琴"的"鋼"和"講究"的"究"，粵語分別與"杠"、"救"同音，都讀去聲，而普通話"鋼"讀gāng，"究"讀 jiū，兩字都讀陰平，講粵語的人說普通話時不能按粵語聲調錯誤類推，把它們讀成去聲。

4．練習

用普通話讀出下列詞語，注意帶點字在粵語和普通話的不同聲調。

粗糙 cūcāo　　　播音 bōyīn　　　　烘托 hōngtuō

究竟 jiūjìng　　　勘探 kāntàn　　　煽動 shāndòng

杉樹 shānshù　　樹莖 shùjīng　　　咖啡 kāfēi

教書 jiāoshū　　　創傷 chuāngshāng　噴射 pēnshè

（註："教、創、噴"在普通話中是多音字，在別的用法中也讀去聲）

92

第四十二課　猜謎語

1. 情景對話

女　兒：Mā jīntiān de yóuyuánhuì yóu yì jiémù kě zhēn duō
媽，今天 的 遊園會 遊藝 節目 可 真 多。

母　親：Zhèr yǒu cāi mí de duì tí gāo zhì lì hěn yǒu yòng
這兒 有 猜謎 的，對 提高 智力 很 有 用

chù nǐ qù cāi tā jǐ tiáo kàn néng ná duōshǎo
處，你 去 猜 它 幾 條，看 能 拿 多少

jiǎngpǐn
獎 品。

女　兒：Guà mǎn le zhème duō mí yǔ cāi nǎxiē hǎo ne
掛 滿 了 這麼 多 謎語，猜 哪些 好 呢？

母　親：Zì mí jiù nán cāi xiē nǐ zhǎo yì xiē cāi wùpǐn de
字謎 就 難 猜 些，你 找 一 些 猜 物品 的

shìshi kàn
試試 看。

女　兒：Zhè tiáo mí yǔ tǐng yǒuqù de xiōng dì yī bān gāo
這 條 謎語 挺 有趣 的，"兄弟 一般 高，

měitiān sān chūcāo rénrén dōu xū yào tuánjié hùzhù
每天 三 出操，人人 都 需要 團結 互助

hǎo
好"。

母　親：Cāi wùpǐn de mí yǔ dōushì zhuāzhù shìwù de tè zhēng
猜 物品 的 謎語 都是 抓住 事物 的 特徵

chuàngzuò chūlai de nǐ xiǎngxiang yǒu nǎxiē shēnghuó
創 作 出來 的，你 想 想 有 哪些 生活

yòngpǐn yǒu zhèyàng de tè zhēng
用品 有 這樣 的 特徵。

	Mā	wǒ	cāi	bu	chū	le	nǐ	jiē	mí dǐ	ba
女 兒:	媽,	我	猜	不	出	了,	你	揭	謎底	吧。

	Bié	jí	yào	kāidòng	nǎojīn	zhè	dōng xi	měitiān	dōu
母 親:	別	急,	要	開動	腦筋,	這	東西	每天	都

	yào	yòng	de
	要	用	的。

	Ò	wǒ	cāi	zháo	le	shì	chīfàn	yòng	de	kuài zi
女 兒:	喔,	我	猜	着	了,	是	吃飯	用	的	筷子。

2. 詞語:

謎語 míyǔ	謎語
猜 cāi	估
揭謎底 jiē mídǐ	開估
遊園會 yóuyuánhuì	遊園會
智力 zhìlì	智力
開動腦筋 kāidòng nǎojīn	開動腦筋
特徵 tèzhēng	特徵

3. 知識要點

粵語和普通話"估"的不同用法

　　普通話的"估"只表示推測、大致推算的意義,而且很少單獨使用,粵語的"估"則常作爲單音詞在口語中使用,而且有兩種用法,譯成普通話都不能照樣說"估",而要換用其他詞語。①表示猜測、猜想,普通話可說"猜",有時也可說"想",如"估謎語",普通話說"猜謎語",粵語"估唔到",普通話可說"想不到"或"猜不出來";②表示對人或事物確定某種看法,做出某種判斷,普通話可說"以爲、認爲",也可說"當"(讀 dàng),如"你估我唔知咩?",普通話要說"你以爲我不知道嗎?"。

4. 練習

　　把下面的粵語說成普通話。

　　①你估我會送啲乜嘢界你?

　　②我估你翻咗去嘞,原來重喺呢度。

5. 參考答案

① Nǐ cāi wǒ huì sòng nǐ yī xiē shénme dōng xi
你 猜 我 會 送 你 一 些 什 麼 東 西？

② Wǒ yǐ wéi nǐ huíqu le yuánlái hái zài zhè r
我 以 爲 你 回 去 了，原 來 還 在 這兒。

第四十三課　釣　魚

1. 情景對話

小　王：小李，這兒是樹蔭，很涼快，咱們就在這兒下釣吧。
Xiǎo Lǐ zhèr shì shùyīn hěn liángkuai zánmen jiù zài zhèr xiàdiào ba

小　李：要捉些蚯蚓放在魚鈎上嗎？
Yào zhuō xiē qiūyǐn fàng zài yúgōu shang ma

小　王：那樣太麻煩了，我已經在魚具店買了現成的魚餌。
Nàyàng tài máfan le wǒ yǐjīng zài yú jù diàn mǎi le xiànchéng de yú'ěr

小　李：這兒的魚多嗎？
Zhèr de yú duō ma

小　王：我也不在乎多少，反正釣魚主要是爲了怡養性情，等魚上鈎要有耐心。
Wǒ yě bùzàihu duōshǎo fǎnzhèng diàoyú zhǔyào shì wèi le yí yǎng xìngqíng děng yú shànggōu yào yǒu nài xīn

小　李：這兒的空氣清新，環境寧靜，假日到野外釣魚真是逍遙自在，很有情趣的。
Zhèr de kōngqì qīngxīn huánjìng níngjìng jià rì dào yěwài diàoyú zhēn shì xiāoyáo zì zài hěn yǒu qíngqù de

小　王：小聲點，有魚游過來吃東西，該準
Xiǎoshēng diǎn yǒu yú yóuguolai chī dōngxi gāi zhǔn

96

2. 詞語

釣魚 diàoyú 　　　 釣魚

下釣 xiàdiào 　　　 落釣

魚鈎 yúgōu 　　　 魚鈎

魚餌 yú'ěr 　　　 魚餌

釣竿 diàogān 　　　 魚竿

蚯蚓 qiūyǐn 　　　 黃犬

在乎 zàihu 　　　 志在

耐心 nàixīn 　　　 耐性

3. 知識要點
不要把一些粵語同音字錯誤類推

　　粵語一些同音字在普通話裏有時並不同音，講粵語的人説普通話時不能完全按粵語的讀音錯誤類推，如"魚鈎"的"鈎"，粵語與"歐"同音，普通話"歐"是零聲母字，音 ōu，"鈎"的聲母是 g，音 gōu，兩個字並不同音，與此類似的還有"勾"字，普通話也讀 gōu 而不能讀 ōu。又如"魚餌"的"餌"，粵語與"膩"同音，聲母都是 n，普通話"膩"的聲母也是 n，音 nì，而"餌"却是零聲母字，音 ěr，與"耳"同音，讀普通話時不能把"餌"誤讀爲 nì。

4. 練習
　　用普通話讀出下列的句子，注意加點字在普通話和粵語的讀音差別。

Diàogōu　shang　de　yú'ěr　bùyòng　fàng　de　tàiduō
① 釣鈎　　上　的　魚餌 不用　 放　得　太多。

Zhè　piān　yóujì　xì nì　de　gōu huà　le　Huángshān　de　xiù lì
② 這　篇　遊記 細膩 地　勾畫　了　黃山　的　秀麗

jǐngsè
景色。

第四十四課　溜　冰

1. 情景對話

小　張：Xiǎo Chén xīng qī tiān shàngwǔ zánmen qù liūbīng ba
　　　　小　陳，星期天　上午　咱們　去　溜冰　吧。

小　陳：Ài ya hěn wēixiǎn de wǒ yòu bù dǒng hěn róng yì
　　　　哎呀，很　危險　的，我　又　不　懂，很　容易

　　　　shuāishāng de
　　　　摔　傷　的。

小　張：Bié jǐnzhāng wǒ jiāo nǐ kāishǐ de shíhou mànman
　　　　別　緊　張，我　教　你，開始　的　時候　慢慢

　　　　lái zhù yì shēn tǐ pínghéng jiù xíng
　　　　來，注意　身體　平衡　就　行。

小　陳：Nà jiù shìshi kàn ba shàng nǎ ge gōngyuán de liū
　　　　那　就　試試　看　吧，上　哪　個　公園　的　溜

　　　　bīngchǎng ne
　　　　冰　場　呢？

小　張：Gōngyuán li de dōu shì liū hànbīng bù guòyǐn de
　　　　公園　裏　的　都　是　溜　旱冰，不　過癮　的，

　　　　yào qù wán zhēnbīng cái cì jī
　　　　要　去　玩　真冰　才　刺激。

小　陳：Zài Guǎngzhōu shàng nǎ r zhǎo zhēnbīng qu
　　　　在　廣　州　上　哪兒　找　真冰　去？

小　張：Lùhú pángbiān de liūbīng jù lè bù jiù yǒu le nà li
　　　　麓湖　旁　邊　的　溜冰　俱樂部　就　有　了，那裏

　　　　yào chuān xié dǐ zhuāng yǒu bīngdāo de bīngxié nà
　　　　要　穿　鞋底　裝　有　冰刀　的　冰鞋，那

　　　　cái dàijìn
　　　　才　帶勁。

2. 詞語

溜冰 liūbīng   滑冰

溜旱冰 liū hànbīng   踩雪屐

冰鞋 bīngxié   冰鞋

旱冰鞋 hànbīng xié   雪屐

危險 wēixiǎn   牙煙

很容易 hěn róngyì   容乜易

身體平衡 shēntǐ pínghéng   身體平衡

3. 知識要點

普通話 x 聲母和粵語 h 聲母

     粵語聲母是 h 的字，有些在普通話裏聲母要讀 x。如 "鞋"，粵語與 "孩" 同音，聲母都是 h，普通話 "孩" 聲母也是 h，音 hái，而 "鞋" 聲母是 x，音 xié，兩個字讀音完全不同，講粵語的人說普通話時要防止按粵語讀音錯誤類推，把 "鞋子" 說成 "孩子"。粵語讀 h 聲母而普通話讀 x 聲母的字，普通話韻母一般都是齊齒呼或撮口呼的（即韻頭或韻腹是 i 或 ü）。

4. 練習

     用普通話讀出下列詞語，注意聲母的準確讀音。

平行 píngxíng ——平衡 pínghéng

缺陷 quēxiàn ——缺憾 quēhàn

胸膛 xiōngtáng ——哄堂 hōngtáng

雄心 xióngxīn ——紅心 hóngxīn

學校 xuéxiào   馨香 xīnxiāng

唏噓 xīxū   喧囂 xuānxiāo

第四十五課　參觀展覽

1. 情景對話

小李：
Xiǎo Wáng, Wénhuàgōngyuán xiànzài zhèng jǔ bàn yī ge
小王，文化公園現在正舉辦一個
shūfǎ měishù zhǎnlǎn nǐ yǒu xìngqù qù kànkan ma
書法美術展覽，你有興趣去看看嗎？

小王：
Shàng xīng qī tiān wǒ jiù qù cānguān guo le zhǎnpǐn
上星期天我就去參觀過了，展品
hěn fēngfù
很豐富。

小李：
Měishù zuòpǐn de zhǒnglèi jiù hěn duō guóhuà yóu
美術作品的種類就很多，國畫、油
huà shuǐcǎihuà qiānbǐhuà diāosù yīng yǒu jìn yǒu
畫、水彩畫、鉛筆畫、雕塑，應有盡有。

小王：
Hái yǒu xiē jiǎnzhǐ hěn yǒu mínzú tèsè jiǎn chūlai
還有些剪紙很有民族特色，剪出來
de xiǎomāo xiǎogǒu kànshangqu dōu shífēn shēngdòng
的小貓小狗看上去都十分生動。

小李：
Kě xī nàxiē chōuxiàngpài de zuòpǐn wǒ kàn bù dǒng
可惜那些"抽象派"的作品我看不懂，
rúguǒ yǒu jiǎngjiěyuán jiěshuō yī xià bāngzhù guānzhòng
如果有講解員解說一下，幫助觀眾
xīnshǎng jiù gèng hǎo le
欣賞就更好了。

小王：
Shūfǎ zuòpǐn yě hěn yǒu guānshǎng jiàzhí wǒ zuì
書法作品也很有觀賞價值，我最
gǎn xìngqù de shì nàxiē xíngshū hé cǎoshū xiě de
感興趣的是那些行書和草書，寫得

lóng fēi fèng wǔ de
龍　飛　鳳　舞　的。

　　　　　　Kǎishū　yě　hǎokàn　ya　yòu　gōngzhěng　yòu　yúnchèn
小　李：楷書　也　好看　呀，又　工整　又　勻稱。

2．詞語

參觀展覽 cānguān zhǎnlǎn　　　參觀展覽

展品 zhǎnpǐn　　　　　　　　展品

講解員 jiǎngjiěyuán　　　　　講解員

解說 jiěshuō，講解 jiǎngjiě　　講解

觀衆 guānzhòng　　　　　　觀衆

書法 shūfǎ　　　　　　　　書法

美術 měishù　　　　　　　　美術

生動 shēngdòng，

活蹦亂跳 huóbèngluàntiào　　　生猛

3．知識要點

粵語動詞後"緊"的普通話譯法

　　粵語動詞後面加上"緊"字，表示動作行爲正在進行，這一意義説普通話時要在動詞後用"着"，或在動詞前加上副詞"正在"，如"舉辦緊一個展覽"，普通話要説"正在舉辦一個展覽。"

4．練習

　　把下面的粵語説成普通話。

①佢剪緊佈置展覽會用嘅圖案。

②我哋商量緊呢件事。

5．參考答案

　　Tā　zhèngzài　jiǎn　bùzhì　zhǎnlǎnhuì　yòng　de　tú'àn
①　他　正在　剪　佈置　展覽會　用　的　圖案。

　　Wǒmen　zhèngzài　shāngliang　zhè　shìqíng
②　我們　正在　商　量　這　事情。

101

第四十六課　打撲克

1. 情景對話

小張：<ruby>小<rt>Xiǎo</rt></ruby> <ruby>陳<rt>Chén</rt></ruby> <ruby>打<rt>dǎ</rt></ruby> <ruby>撲<rt>pū</rt></ruby> <ruby>克<rt>kè</rt></ruby> <ruby>真<rt>zhēn</rt></ruby> <ruby>有<rt>yǒu</rt></ruby> <ruby>兩<rt>liǎng</rt></ruby><ruby>下<rt>xià</rt></ruby> <ruby>子<rt>zi</rt></ruby>，<ruby>這<rt>zhè</rt></ruby> <ruby>盤<rt>pán</rt></ruby>
<ruby>又<rt>yòu</rt></ruby> <ruby>是<rt>shì</rt></ruby> <ruby>他<rt>tā</rt></ruby> <ruby>贏<rt>yíng</rt></ruby> <ruby>了<rt>le</rt></ruby>。

小陳：<ruby>我<rt>Wǒ</rt></ruby> <ruby>也<rt>yě</rt></ruby> <ruby>是<rt>shì</rt></ruby> <ruby>碰<rt>pèng</rt></ruby> <ruby>運<rt>yùn</rt></ruby><ruby>氣<rt>qi</rt></ruby> <ruby>的<rt>de</rt></ruby>，<ruby>連<rt>lián</rt></ruby><ruby>續<rt>xù</rt></ruby> <ruby>三<rt>sān</rt></ruby> <ruby>盤<rt>pán</rt></ruby> <ruby>大<rt>dà</rt></ruby><ruby>王<rt>wáng</rt></ruby>
<ruby>都<rt>dōu</rt></ruby> <ruby>跑<rt>pǎo</rt></ruby> <ruby>到<rt>dào</rt></ruby> <ruby>我<rt>wǒ</rt></ruby> <ruby>這<rt>zhè</rt></ruby><ruby>兒<rt>r</rt></ruby> <ruby>來<rt>lai</rt></ruby>。

小李：<ruby>我<rt>Wǒ</rt></ruby> <ruby>的<rt>de</rt></ruby> <ruby>手<rt>shǒu</rt></ruby><ruby>氣<rt>qì</rt></ruby> <ruby>就<rt>jiù</rt></ruby> <ruby>太<rt>tài</rt></ruby> <ruby>差<rt>chà</rt></ruby> <ruby>了<rt>le</rt></ruby>，<ruby>別<rt>bié</rt></ruby> <ruby>說<rt>shuō</rt></ruby> <ruby>大<rt>dà</rt></ruby><ruby>王<rt>wáng</rt></ruby>，
<ruby>連<rt>lián</rt></ruby> <ruby>這<rt>zhè</rt></ruby> <ruby>撲<rt>pū</rt></ruby><ruby>克<rt>kè</rt></ruby><ruby>牌<rt>pái</rt></ruby> <ruby>的<rt>de</rt></ruby> <ruby>小<rt>xiǎo</rt></ruby><ruby>王<rt>wáng</rt></ruby> <ruby>也<rt>yě</rt></ruby> <ruby>沒<rt>méi</rt></ruby> <ruby>摸<rt>mō</rt></ruby> <ruby>過<rt>guo</rt></ruby> <ruby>一<rt>yī</rt></ruby>
<ruby>次<rt>cì</rt></ruby>。

小張：<ruby>不<rt>Bù</rt></ruby><ruby>過<rt>guò</rt></ruby> <ruby>也<rt>yě</rt></ruby> <ruby>不<rt>bù</rt></ruby><ruby>是<rt>shì</rt></ruby> <ruby>全<rt>quán</rt></ruby> <ruby>靠<rt>kào</rt></ruby> <ruby>大<rt>dà</rt></ruby><ruby>王<rt>wáng</rt></ruby> <ruby>小<rt>xiǎo</rt></ruby><ruby>王<rt>wáng</rt></ruby> <ruby>的<rt>de</rt></ruby>，<ruby>我<rt>wǒ</rt></ruby>
<ruby>曾<rt>céng</rt></ruby><ruby>經<rt>jīng</rt></ruby> <ruby>有<rt>yǒu</rt></ruby> <ruby>一<rt>yī</rt></ruby><ruby>次<rt>cì</rt></ruby> <ruby>最<rt>zuì</rt></ruby> <ruby>大<rt>dà</rt></ruby> <ruby>的<rt>de</rt></ruby> <ruby>只<rt>zhǐ</rt></ruby><ruby>是<rt>shì</rt></ruby> <ruby>方<rt>fāng</rt></ruby><ruby>塊<rt>kuài</rt></ruby> <ruby>二<rt>èr</rt></ruby>，<ruby>也<rt>yě</rt></ruby>
<ruby>一<rt>yī</rt></ruby><ruby>樣<rt>yàng</rt></ruby> <ruby>贏<rt>yíng</rt></ruby> <ruby>了<rt>le</rt></ruby>。

小李：<ruby>下<rt>Xià</rt></ruby> <ruby>一<rt>yī</rt></ruby> <ruby>盤<rt>pán</rt></ruby> <ruby>玩<rt>wán</rt></ruby><ruby>玩<rt>wan</rt></ruby> <ruby>別<rt>bié</rt></ruby> <ruby>的<rt>de</rt></ruby> <ruby>花<rt>huā</rt></ruby><ruby>樣<rt>yang</rt></ruby> <ruby>了<rt>le</rt></ruby>，<ruby>打<rt>dǎ</rt></ruby><ruby>打<rt>da</rt></ruby> <ruby>橋<rt>qiáo</rt></ruby>
<ruby>牌<rt>pái</rt></ruby> <ruby>吧<rt>ba</rt></ruby>。

小張：<ruby>也<rt>Yě</rt></ruby> <ruby>好<rt>hǎo</rt></ruby>，<ruby>那<rt>nà</rt></ruby> <ruby>我<rt>wǒ</rt></ruby> <ruby>就<rt>jiù</rt></ruby> <ruby>跟<rt>gēn</rt></ruby> <ruby>小<rt>Xiǎo</rt></ruby> <ruby>陳<rt>Chén</rt></ruby> <ruby>合<rt>hé</rt></ruby><ruby>作<rt>zuò</rt></ruby>，<ruby>做<rt>zuò</rt></ruby> <ruby>對<rt>duì</rt></ruby><ruby>家<rt>jiā</rt></ruby> <ruby>了<rt>le</rt></ruby>。

2．詞語

打撲克 dǎ pūkè	玩啵
撲克牌 pūkè pái	啵牌
碰運氣 pèng yùnqì	撞手神
手氣 shǒuqì	手勢
大王 dà wáng	大鬼（撲克牌用語）
小王 xiǎowáng	細鬼（同上）
方塊 fāngkuài	階磚（撲克花色）
黑桃 hēitáo	葵扇（同上）
梅花 méihuā	梅花（同上）
橋牌 qiáopái	橋牌
合作 hézuò，合夥 héhuǒ	拍檔
對家 duìjiā	對家

3．知識要點

普通話和粵語"手勢"的不同用法

　　普通話"手勢"只有一種意義，指"用手所做的表示某些意思的姿勢"，這一意義粵語也説"手勢"。但粵語"手勢"還有兩種意義，譯成普通話時要分別使用不同的説法，而不能照樣説"手勢"。①指玩撲克、麻將等一些娛樂活動或博彩活動的運氣，這一意義普通話可説"手氣"，如"我嘅手勢够晒差"，普通話要説"我的手氣真够差"。②指手工方面的技藝，如編織、縫紉、烹調、木工活等，這一意義普通話可説"手藝"。可見粵語"手勢"的意義比普通話多，除了和普通話意義相同的用法以外，其他的兩種用法普通話都不能説"手勢"。

4．練習

把下面的粵語説成普通話。

1．你煮餸真係好手勢嘞。
2．今日玩啵我嘅手勢重算好。
3．交通警企喺路口打手勢指揮車輛。

5. 參考答案

Nǐ zuòcài shǒu yì zhēn hǎo
1. 你 做菜 手藝 真 好。

Jīntiān dǎ pū kè wǒ de shǒu qì hái suàn hǎo
2. 今天 打 撲克 我 的 手氣 還 算 好。

Jiāotōngjǐng zhàn zài lù kǒu dǎ shǒushì zhǐhuī chēliàng
3. 交通警 站 在 路口 打 手勢 指揮 車輛。

第四十七課　划　船

1. 情景對話

小王：今天 太陽 不 很 猛，風 又 不 大，划
　　　Jīntiān tàiyáng bù hěn měng fēng yòu bù dà huá
　　　船 正 合適。
　　　chuán zhèng héshì

小李：這 條 船 是 咱們 租 的，準備 上
　　　Zhè tiáo chuán shì zánmen zū de zhǔnbèi shàng
　　　船 吧。
　　　chuán ba

小劉：別 急，慢慢 來，小心 別 掉 下 水 裏 了。
　　　Bié jí mànman lái xiǎoxīn bié diào xià shuǐ li le

小王：讓 我 坐 在 後邊 掌舵 吧。
　　　Ràng wǒ zuò zài hòubiān zhǎngduò ba

小李：你 懂 嗎？千萬 別 把 船 搞 得 團
　　　Nǐ dǒng ma Qiānwàn bié bǎ chuán gǎo de tuán
　　　團轉 的。
　　　tuánzhuàn de

小劉：就 是 嘛，這 湖 可 真 大，要是 超過 了
　　　Jiù shì ma zhè hú kě zhēn dà yàoshi chāoguò le
　　　時間 還 划 不 回來 交船 就 糟 了。
　　　shíjiān hái huá bù huílái jiāochuán jiù zāo le

小王：你們 別 小 看 人 啦，我 掌舵 是 最
　　　Nǐmen bié xiǎo kàn rén la wǒ zhǎngduò shì zuì
　　　穩當 的，保管 不 會 拐 錯 方向。
　　　wěndang de bǎoguǎn bù huì guǎi cuò fāngxiàng

小李：那 我們 就 在 前邊 划 了，剛好 有 三
　　　Nà wǒmen jiù zài qiánbiān huá le gānghǎo yǒu sān

gēn　chuánjiǎng
根　船　槳。

　　　　　　　Dà　jiā　dōu　zuò　hǎo　kāi　chuán　la
小　王：大　家　都　坐　好，開　船　啦。

2．詞語

划船 huá chuán	扒艇仔
上船 shàng chuán	落船
掌舵 zhǎng duò	擺舦
團團轉 tuántuánzhuàn	氹氹轉
超過時間 chāoguòshíjiān	過鐘
糟 zāo，糟糕 zāogāo	弊
船槳 chuánjiǎng	船槳
開船 kāichuán	開身

3．知識要點
粵語"識"的普通話譯法

　　粵語"識"表示認識，這一用法和普通話相同，如"識字"，不過普通話較少用單音詞"識"，口語常說"認識"，如"我識佢好耐嘞"，普通話說"我認識他很久了"。粵語"識"還有另一種用法，表示知道、了解或會某種技能，這種用法普通話不能說"識"或"認識"，而要說"懂"、"會"，如"你識唔識擺舦㗎"，普通話要說"你會掌舵嗎?"

4．練習

　　把下面的粵語說成普通話。
　　①小王好識扒艇㗎。
　　②你識唔識陳經理呀?

5．參考答案

　　　Xiǎo　Wáng　hěn　huì　huáchuán　de
①　小　王　很　會　划船　的。

　　　Nǐ　rènshi　Chén　jīng lǐ　ma
②　你　認識　陳　經理　嗎?

第四十八課　下　棋

1. 情景對話

小　王： Xiǎo Lǐ nǐ huì xià xiàngqí ma
　　　　小　李，你　會　下　橡棋　嗎？

小　李： Shāowēi dǒng yīdiǎnr xià de bù tài hǎo de
　　　　稍微　懂　一點兒，下　得　不　太　好　的。

小　王： Méi guānxi xià jǐ pán wánwan ba xiàqí yě tǐng
　　　　没　關係，下　幾　盤　玩玩　吧，下棋　也　挺
　　　　yǒu hǎochù de kěyǐ duànliàn sīwéi
　　　　有　好處　的，可以　鍛煉　思維。

小　李： Hǎo de wǒ lái bǎi qízi Shuí xiān zǒu ne
　　　　好　的，我　來　擺　棋子。誰　先　走　呢？

小　王： Nǐ xiān zǒu ba
　　　　你　先　走　吧。

小　李： Nà wǒ xiān gǒng yī bù zúzi Néng bu néng huǐ
　　　　那　我　先　拱　一　步　卒子。能　不　能　悔
　　　　qí ne Wǒ xiǎng háishi xiān zǒu zhōng pào hǎo
　　　　棋　呢？我　想　還是　先　走　中　炮　好
　　　　xiē
　　　　些。

小　王： Zuì hǎo bié huǐ qí yīnggāi měi yī bù dōu xiǎng
　　　　最　好　別　悔　棋，應該　每　一　步　都　想
　　　　qīng chǔ le zài zǒu
　　　　清　楚　了　再　走。

小　李： Nà hǎo ba gāi nǐ zǒu le
　　　　那　好　吧，該　你　走　了。

2．詞語

下象棋 xià xiàngqí	捉象棋
擺棋 bǎi qí	擺棋
悔棋 huǐ qí，回棋 huí qí	回手
拱兵 gǒng bīng，拱卒子 gǒng zúzi	督卒
走棋 zǒu qí	行棋
兌子 duì zǐ	搏棋
吃棋 chī qí	食棋

3．知識要點

普通話和粵語"先"的位置

　　粵語副詞"先"主要有兩種用法：①表示動作時間在前，這種意義粵語一般放在動詞後面，如"我行先"，如果動詞後面有賓語，"先"還放在賓語之後，如"你哋食飯先"。普通話"先"字卻必須放在動詞前面，要說"我先走"、"你們先吃飯"，而不能說成"我走先"、"你們吃飯先"。②表示動作、情況發生在某種條件、原因之後，這種用法"先"放在動詞前，如"諗清楚先行"，普通話"先"沒有這種用法，說成普通話要用"才、再"，如"想清楚才走"，不能按粵語的習慣說成"想清楚先走"。

4．練習

　　把下面的粵語說成普通話。

　　①請坐下先，我執好啲嘢先同你一齊去啦。

　　②你打個電話畀佢先啦。

5．參考答案

　　① Qǐng xiān zuò zuo wǒ bǎ dōng xi shōushi hǎo zài gēn nǐ
　　　請 先 坐 坐，我 把 東西 收拾 好 再 跟 你

　　　yī kuàir qù
　　　一 塊兒 去。

　　② Nǐ xiān gěi tā dǎ ge diànhuà ba
　　　你 先 給 他 打 個 電話 吧。

第四十九課　看球賽

1. 情景對話

小張：Xiǎo Chén, zuòwǎn nà chǎng jīngcǎi qiúsài nǐ qù
小張：小　陳，昨　晚　那　場　精彩　球賽　你　去

kàn le ma
看　了　嗎?

小陳：Dāngrán qù le, wǒ shì zuì xǐhuān kàn qiú de
小陳：當然　去　了，我　是　最　喜歡　看　球　的。

小張：Zhè chǎng qiú liǎng zhī duì yī kāishǐ jiù quán lì
小張：這　場　球　兩　支　隊　一　開始　就　全力

pīnbó tíng jīliè de
拼搏，挺　激烈　的。

小陳：Guǎngdōngduì de duǎnchuán pèihé tī de yǒu bǎn-yǒu
小陳：廣東隊　的　短傳　配合　踢　得　有　板有

yǎn měi ge rén dōu shēnglóng-huó hǔ zhēn méishuō
眼，每　個　人　都　生龍活虎，真　沒説

de
的。

小張：Suǒyǐ kàn wán shàngbàn chǎng wǒ jiù zhīdào tāmen
小張：所以　看　完　上半　場　我　就　知道　他們

yīdìng huì yíngde
一定　會　贏的。

小陳：Guǎngdōng duì de shǒuményuán zhēn bàng pūjiù le
小陳：廣東　隊　的　守門員　真　棒，撲救　了

jǐ ge yǎn kàn yào jìn de qiú
幾個　眼看　要　進　的　球。

小張：Nà zhī qiúduì ràng rén jìn le liǎng qiú jiù méi
小張：那　支　球隊　讓　人　進　了　兩　球　就　沒

<pre>
jīngdǎ cǎi   bù shū cái guài ne
精 打 采， 不 輸 才 怪 呢！
        Zuì chà jiùshì kuài jiéshù de shí hou hái yuè tī
小 陳：最 差 就是 快 結束 的 時 候 還 越 踢
        yuè cū yě shū qiú yòu shū le   fēnggé
        越 粗野， 輸 球 又 輸 了 風格。
</pre>

2. 詞語

球 qiú	波
看球賽 kàn qiúsài	睇波
好球 hǎo qiú，	
精彩球賽 jīngcǎi qiúsài	靚波
進球 jìn qiú	入波
拼搏 pīnbó，拼命 pīnmìng	搏命
有板有眼 yǒu bǎn-yǒu yǎn	有紋有路
短傳配合 duǎnchuán pèihé	短傳配合
生龍活虎 shēng lóng-huó hǔ	龍精虎猛
沒精打采 méi jīng-dǎ cǎi	冇厘神氣
球門 qiúmén，守門員 shǒuményuán	龍門
粗野 cūyě，有意犯規 yǒuyì fànguī	茅

3. 知識要點

有些字粵語只有一種讀音，但普通話是多音字，如"場"粵語只讀陽平聲調，普通話卻有兩種讀音，表示平坦的空地和用於指事情經過的量詞讀陽平，音 cháng，如"場院"、"一場戰鬥"，其他用法（包括用於文體活動的量詞）都要讀上聲，音 chǎng。如"那場球賽"、"上半場"、"球場"的"場"都要讀 chǎng，不能受粵語聲調的影響而讀 cháng。

4. 練習

用普通話讀出下列語句，注意把"場"字的聲調讀準確。

<pre>
shēng le yī cháng bìng
生 了 一 場 病
</pre>

kàn le yī chǎng diànyǐng
看 了 一 場 電影

Qiúsài jìnxíng dào xiàbànchǎng de shíhou tūrán xià le yī cháng
球賽 進行 到 下半場 的 時候，突然 下 了 一 場

dàyǔ qiúchǎng shang dàochù dōushì jī shuǐ
大雨，球場 上 到處 都是 積 水。

第五十課 打乒乓球

1. 情景對話

小　王：Xiǎo Lǐ gēn nǐ dǎ da pīngpāngqiú huódong yī xià
小李，跟 你 打 打 乒乓球，活動 一 下
jīngǔ ba
筋骨 吧。

小　李：Hǎo de nǐ yǒu shénme qiúpāi
好 的，你 有 什麼 球拍？

小　王：Zhípāi héngpāi dōu yǒu nǐ ài yòng nǎ zhǒng ne
直拍 橫拍 都 有，你 愛 用 哪 種 呢？

小　李：Bǎ héngpāi gěi wǒ ba wǒ xǐhuān xiāo qiú de
把 橫拍 給 我 吧，我 喜歡 削 球 的。

小　王：Wǒ dàoshì yòng guàn zhípāi de zhèyang lā húquān
我 倒是 用 慣 直拍 的，這樣 拉 弧圈
qiú wǒ juéde gèng shùnshǒu xiē
球 我 覺得 更 順手 些。

小　李：Nǐ kòuqiú de shíhou kě yào shǒu xià liú qíng wǒ
你 扣球 的 時候 可 要 手 下 留 情，我
de shuǐpíng shì hěn yībān de
的 水平 是 很 一般 的。

小　王：Bù yòng zhème qiānxū ba lái nǐ xiān fā qiú
不 用 這麼 謙虛 吧，來，你 先 發 球。

小　李：Nà wǒ jiù bù kèqi le liú shén la
那 我 就 不 客氣 了，留 神 啦！

小　王：Hē Nǐ fā de qiú xuánzhuǎn de kě lìhai la qīng
嗬！你 發 的 球 旋轉 得 可 厲害 啦，輕
qīng yī dǎng qiú jiù chūjiè le
輕 一 擋 球 就 出界 了。

2. 詞語

乒乓球 pīngpāngqiú　　　乒乓波

球拍 qiúpāi　　　　　　波板

直拍 zhípāi　　　　　　直板

橫拍 héngpāi　　　　　橫板

削球 xiāoqiú　　　　　削球

扣球 kòuqiú　　　　　　抽波

發球 fāqiú　　　　　　　開波

弧圈球 húquān qiú　　　弧圈球

旋轉 xuánzhuǎn　　　　旋轉，篩

出界 chūjiè　　　　　　出界

3. 知識要點

普通話的 q 聲母和粵語的 [h] 聲母

粵語讀 [h] 聲母的字，有些在普通話聲母是 q，如情景中"弧圈球"的"圈"、"謙虛"的"謙"、"客氣"的"氣"和"輕輕"，在粵語聲母都是 [h]，但普通話的"圈"讀 quān，"謙"讀 qiān，"氣"讀 qì，"輕"讀 qīng，聲母都是 q。講粵語的人說普通話時要注意不要受粵語讀音的影響，把這些字的聲母讀成 h。

4. 練習

用普通話讀出下列詞語，注意粵語聲母是 [h] 的字在普通話的讀音。

恰巧 qiàqiǎo　　牽掛 qiānguà　　欺負 qīfù

空氣 kōngqì　　敲打 qiāodǎ　　圓圈 yuánquān

債券 zhàiquàn　　慶賀 qìnghè　　派遣 pàiqiǎn

第五十一課　游　泳

1. 情景對話

兒　子：
Yóuyǒngchí li de rén kě zhēn bù shǎo Bàba wèi
游泳池裏的人可真不少。爸爸，爲
shénme tāmen yóuyǒng de zī shì bù shì wánquán yī
什麼他們游泳的姿勢不是完全一
yàng de
樣的？

父　親：
Yóuyǒng shì yǒu bùtóng zī shì de zhè wèi bóbo yóu
游泳是有不同姿勢的，這位伯伯游
de shì wāyǒng nà wèi ā yí yóu de shì diéyǒng
的是蛙泳，那位阿姨游的是蝶泳，
háiyǒu zì yóuyǒng hé yǎngyǒng
還有自由泳和仰泳。

兒　子：
Nǐ kàn nà wèi shūshu qiánshuǐ qián de duōme jiǔ
你看那位叔叔潛水潛得多麼久
a
啊！

父　親：
Nǐ yòngxīn xué yǐhòu yě yǒu zhè néngnai de
你用心學，以後也有這能耐的。

兒　子：
Nǐ xiān jiāo wǒ yóu nǎ zhǒng zī shì ne
你先教我游哪種姿勢呢？

父　親：
Xiān xué wāyǒng ba zhè zhǒng zī shì zuì róng yì
先學蛙泳吧，這種姿勢最容易
xué yóu de shí hou shěng lì nǎodai shēn chū shuǐ
學，游的時候省力，腦袋伸出水
miàn hū xī yě fāngbiàn
面呼吸也方便。

　　　　　　Zǎn men xià shuǐ ba
兒　子：咱　們　下　水　吧？

　　　　　　Xiān bié jí yóuyǒng qián yào zuò hǎo zhǔnbèi yùn
父　親：先　別　急，游泳　前　要　做　好　準備　運

　　　　dòng bùrán jiù róng yì chōujīn lái ba bǎ jiùshēngquān
　　　　動，不然　就　容易　抽筋，來　吧，把　救生圈

　　　　fàng xia gēnzhe wǒ zuò
　　　　放　下，跟着　我　做。

2. 詞語

游泳 yóuyǒng	游水
蛙泳 wāyǒng	蛙泳
蝶泳 diéyǒng	蝶泳
自由泳 zìyóuyǒng	自由泳
仰泳 yángyǒng	仰泳
呼吸 hūxī	唞氣
潛水 qiánshuǐ	咪水
下水 xiàshuǐ	落水
準備運動 zhǔnbèi yùndòng	準備運動
抽筋 chōujīn	抽筋
救生圈 jiùshēngquān	水抱

3. 知識要點

粵語"唔係"譯成普通話的不同説法

　　粵語"唔係"表示否定的判斷或陳述，相當於普通話的"不是"，如"佢哋游水嘅姿勢唔係完全一樣"，普通話説"他們游泳的姿勢不是完全一樣"。粵語"唔係"還可以用作連詞，表示如果不是上文所説的情況，就會發生下文所説的情況，這種用法普通話不能説"不是"，而要説"不然"、"要不"，如"游水前要做好準備運動，唔係就容易抽筋喇"，普通話要説"游泳前要做好準備運動，不然就容易抽筋"。

4. 練習

把下面的粤語説成普通話。

①快啲行啦，唔係就遲到喫喇。

②呢本書唔係我嘅。

5. 參考答案

Kuài diǎn zǒu ba bùrán yào chídào le
① 快　點　走　吧，不然　要　遲到　了。

Zhè běn shū bù shì wǒ de
② 這　本　書　不　是　我　的。

116

第五十二課　晨　練

1. 情景對話

老　王：老李，天蒙蒙亮就出門，你也是去晨練吧？

老　李：哎，老王，我的身體比不上你，哪裏還跑得動？上茶樓坐坐算了。

老　王：身體不好更需鍛煉，不一定跑步，也可以做做操，打打拳，晨練完再上茶樓吧。

老　李：好吧，跟你一塊兒去試試看。

老　王：你瞧，廣場上正在晨練的人可不少，學武術的、做早操的、打球的、跑步的，什麼都有。

老　李：這裏的空氣真新鮮，站一會兒也格外舒服。

$$\text{Wǒmen zhèxiē nián jì dà de háishi dǎda tài jí quán}$$

老 王：我們 這些 年紀 大 的，還是 打打 太極拳

$$\text{ba wǒ dǒng yī diǎn zánmen yī kuài liàn ba}$$

吧，我 懂 一 點，咱們 一塊 練 吧。

2. 詞語

晨練 chénliàn	晨運
蒙蒙亮 mēngmēngliàng	蒙蒙光
鍛煉身體 duànliàn shēntǐ	鍛煉身體
跑步 pǎobù	跑步
做早操 zuò zǎocāo	做早操
打拳 dǎquán	打拳
武術 wǔshù	武術
廣場 guǎngchǎng	廣場
空氣新鮮 kōngqì xīnxiān	空氣新鮮
特別 tèbié，格外 géwài	靈舍
舒服 shūfu	舒服

3. 知識要點

粵語 "喺（響）度"、"喺（響）處" 的普通話譯法

粵語的 "喺（響）度"、"喺（響）處" 有兩種不同用法，譯成普通話要使用不同的説法。

①是一個介詞結構，表示處所，普通話可説 "在這兒、在那兒"，其中 "喺" 是粵語的介詞，相當於普通話的 "在"；"度"、"處" 是粵語指代處所的指示代詞，不分遠指近指，相當於普通話的 "這兒、那兒"。如粵語 "佢啱啱重坐喺度"，普通話可説 "他剛剛還坐在這兒"。②是一個副詞，放在動詞的前面，表示動作正在進行，普通話可説 "正在"，如情景中 "操場上面喺度晨運嘅人真係唔少"，句中已有表示處所的詞語 "操場上"，因此 "喺度" 的作用已不是指代處所，而是表示動作的進行，普通話可説 "操場上正在晨練的人真不少"。

4. 練習

把下面的粵語說成普通話。

①你睇吓個天喺度猛咁行雷，梗係就嚟落大雨喇。

②呢本書你睇完放番喺度就得嘞。

5. 參考答案

　　Nǐ kànkan tiān zài bùtíng de dǎléi yī dìng kuài yào xià dà
① 你 看看 天 在 不停 地 打雷，一定 快 要 下 大

　　yǔ le
雨 了。

　　Zhè shū nǐ kàn wán fàng huí zhèr jiù xíng le
② 這 書 你 看 完 放 回 這兒 就 行 了。

第五十三課　打太極拳

1. 情景對話

老李：老王，我看他們打太極拳的動作
　　　Lǎo Wáng wǒ kàn tāmen dǎ tài jí quán de dòngzuò

　　　慢慢吞吞的，有用嗎？
　　　mànman tūntūn de yǒu yòng ma

老王：嘿，我堅持練了一年，體質增強了，
　　　Hēi wǒ jiānchí liàn le yī nián tǐ zhì zēngqiáng le

　　　胃痛和高血壓這些老毛病再也沒
　　　wèitòng hé gāoxuèyā zhèxiē lǎo máobìng zài yě méi

　　　有復發了。
　　　yǒu fù fā le

老李：怪不得你的精神蠻好的，太極拳容
　　　Guàibude nǐ de jīngshen mán hǎo de tài jí quán róng

　　　易學嗎？
　　　yì xué ma

老王：不難，有一種叫做簡化太極拳，是
　　　Bù nán yǒu yī zhǒng jiàozuò jiǎnhuà tài jí quán shì

　　　根據傳統太極拳的套路整理改編
　　　gēnjù chuántǒng tài jí quán de tào lù zhěng lǐ gǎibiān

　　　的，易學易懂。
　　　de yì xué yì dǒng

老李：練拳的時候要注意些什麼問題
　　　Liàn quán de shíhou yào zhù yì xiē shénme wèn tí

　　　呢？
　　　ne

老王：心要靜，意念要集中，身體舒展放
　　　Xīn yào jìng yì niàn yào jí zhōng shēn tǐ shūzhǎn fàng

sōng   dòngzuò róu hé liánguàn zhèyàng cái róng yì qǔ
鬆，動作 柔和 連貫，這樣 才 容易 取

de   xiàoguǒ de
得 效果 的。

Hǎo xiànzài jiù kāishǐ gēn nǐ xué yǒu nǎxiē dòngzuò
老 李：好，現在 就 開始 跟 你 學，有 哪些 動作

zuò de bù duì de kě yào jí shí gěi wǒ jiūzhèng
做 得 不 對 的 可 要 及時 給 我 糾正

a
啊。

2．詞語

打太極拳 dǎ tàijíquán   打太極拳
慢慢吞吞 mànmantūntūn   滋滋油油
增强體質 zēngqiáng tǐzhì   增强體質
簡化 jiǎnhuà   簡化
傳統 chuántǒng   傳統
套路 tàolù   套路
意念集中 yìniàn jízhōng   意念集中
舒展放鬆 shūzhǎn fàngsōng 舒展放鬆
柔和連貫 róuhé liánguàn   柔和連貫

3．知識要點
普通話和粵語表示疑問的不同説法

　　粵語用肯定加否定的方式表示疑問時，如果是雙音節的動詞或形容詞，往往把前一個雙音節詞的後一個字省略掉，如"太極拳容唔容易學"，又如"知唔知道"、"同唔同意"等，普通話一般不説"容不容易學"、"知不知道"、"同不同意"，而是把雙音節詞説出來，如"容易不容易"、"知道不知道"等，也可以不加上否定形式，而直接在句末加上"嗎"表示疑問，如"太極拳容易學嗎"、"知道嗎"、"同意嗎"等。

4．練習

把下面的粵語説成普通話。

①你嚟咗廣州咁耐習唔習慣呀？

②你知唔知道打太極拳有乜嘢用㗎？

5．參考答案

　　　　　Nǐ　lái　dào　Guǎngzhōu　zhème　jiǔ　xí guàn　ma　　　　　　xí guàn　bu
①你　來　到　　廣州　　　這麼　久　習慣　　嗎？(或：習慣　不

xí guàn　ne
習慣　　呢？)

　　　　　Nǐ　zhīdào　dǎ　tài jí quán　yǒu　shénme　zuòyòng　ma
②你　知道　打　太極拳　有　什麼　作用　　嗎？

　　　Nǐ　zhīdào　bu　zhīdào　dǎ　tài jí quán　yǒu　shénme　zuòyòng　ne
(你　知道　不　知道　打　太極拳　有　什麼　作用　　呢？)

第五十四課　練氣功

1. 情景對話

老　張：老　陳，很久　没　見到　您　了，您　精神　好
　　　　　Lǎo Chén hěnjiǔ méi jiàndao nín le nín jīngshen hǎo
　　　　　多　啦。
　　　　　duō la

老　陳：近來　我　開始　學　氣功，原來　真　的　挺
　　　　　Jìnlái wǒ kāishǐ xué qìgōng yuánlái zhēn de tǐng
　　　　　有效　的。
　　　　　yǒuxiào de

老　張：我　也　聽説　氣功　對　不　少　疾病　都　有
　　　　　Wǒ yě tīngshuō qìgōng duì bù shǎo jíbìng dōu yǒu
　　　　　輔助　治療　作用，很　想　學學，現在　您
　　　　　fǔzhù zhìliáo zuòyòng hěn xiǎng xuéxue xiànzài nín
　　　　　教我　正　合適了。
　　　　　jiāowǒ zhèng héshì le

老　陳：好　的，我　練　的　是　郭　林　新　氣功，在
　　　　　Hǎo de wǒ liàn de shì Guō Lín xīn qìgōng zài
　　　　　練　之　前　必須　掌握　三　個　字　的　重要
　　　　　liàn zhī qián bì xū zhǎngwō sān ge zì de zhòngyào
　　　　　口訣："圓、軟、遠"。
　　　　　kǒujué yuán ruǎn yuǎn

老　張：請　您　給　我　具體　解釋　一下　吧。
　　　　　Qǐng nín gěi wǒ jùtǐ jiěshì yīxià ba

老　陳：練功　時　軀幹　跟　肢體　活動　都　要　保持
　　　　　Liàngōng shí qūgàn gēn zhītǐ huódòng dōu yào bǎochí
　　　　　圓弧形，關節　不能　僵硬，這樣　才　方
　　　　　yuánhúxíng guānjié bùnéng jiāngyìng zhèyàng cái fāng

123

便氣血 的 流通。
biàn qì xuè de liútōng

老 張："軟" 一定 是 說 身 體 要 鬆軟 了?
Ruǎn yī dìng shì shuō shēn tǐ yào sōngruǎn le

老 陳：不 錯，"遠" 是 眼睛 要 輕輕 閉 着，又
Bù cuò yuǎn shì yǎnjīng yào qīngqing bì zhe yòu

要 平 看 前方，不 能 往 上 下 方
yào píng kàn qiánfāng bù néng wǎng shàng xià fāng

向 或 斜 着 看。
xiàng huò xié zhe kàn

老 張：在 練功 過程 中 這 三 點 要求 都
Zài liàngōng guòchéng zhōng zhè sān diǎn yāoqiú dōu

要 做 到 吧?
yào zuò dào ba

老 陳：當然 囉，這樣 才能 練出 內氣，疏通 經
Dāngrán luo zhèyàng cáinéng liànchū nèi qì shūtōng jīng

絡，補充 氣血，增強 免疫 功能，達到
luò bǔchōng qì xuè zēnqiáng miǎn yì gōngnéng dá dào

防病 治病 的 目的。
fángbìng zhìbìng de mù dì

2．詞語

氣功 qìgōng	氣功
口訣 kǒujué	口訣
僵硬 jiāngyìng	僵硬
氣血流通 qìxuè liútōng	氣血流通
閉 bì	眯
疏通經絡 shūtōng jīngluò	疏通經絡
內氣 nèiqì	內氣
免疫功能 miǎnyì gōngnéng	免疫功能

3．知識要點

注意普通話聲母 r 的準確發音

　　普通話聲母 r 是捲舌音，粵語沒有這樣發音的聲母，講粵語的人説普通話時容易把聲母 r 説成 i，如"軟"、"遠"粵語同音，而普通話"軟"的聲母是 r，音 ruǎn，"遠"才是零聲母字，音 yuǎn，兩個字讀音不同，不能把"軟"也讀成"遠"。又如"然"，粵語與"言"同音，普通話"然"聲母也是 r，音 rán，不能把"然"説成"言"（yán）。

4．練習

　　用普通話讀出下列詞語，注意聲母 r 和 i 開頭的零聲母音節讀音的區別。

叫嚷 jiào rǎng ——教養 jiàoyǎng

一日 yīrì ——億 yīyì

繞道 ràodào ——要道 yàodào

儒家 rújiā ——漁家 yújiā

自然 zìrán ——自言 zìyán

仍舊 réngjiù ——營救 yíngjiù

姓饒 xìngRáo ——姓姚 xìngYáo

軟禁 ruǎnjìn ——遠近 yuǎnjìn

第五十五課 健身

1. 情景對話

小王：小李，没見到你一段時間，你胳膊
的腱子都突起來了，經常去健身
嗎？

小李：我買了兩個啞鈴，每天在家裏練
一下。

小王：我就經常上健身房鍛煉，那裏的
器材多，氣氛熱烈，還有專人指導。

小李：健身房有些什麼器械給人們鍛
煉的呢？

小王：那就多了，有增強上肢肌肉力量
和擴胸用的彈簧拉力器，還有健身
車和步行機。

小李：步行機一定是用來增強下肢的力

126

liàng le
量 了。

小 王： Méi cuò hái kě yǐ gǎishàn hū xī xì tǒng gōngnéng Jiàn
没 錯，還 可 以 改善 呼吸 系統 功能。健

shēnfáng yǒuxiē duō gōngnéng de dàxíng liánhé qìxiè
身 房 有些 多功能 的 大型 聯合 器械，

zuòyòng jiù gèng quánmiàn le
作用 就 更 全面 了。

小 李： Yuánlái jiànshēnfáng yǒu nàme duō wán yì r nǐ shénme
原來 健身房 有 那麼 多 玩意兒，你 什麼

shíhou zài qù jiù yuē wǒ yīkuài r qù shìshi
時候 再 去 就 約 我 一塊兒 去 試試。

2. 詞語

健身 jiànshēn	健身
胳膊 gēbo, 上臂 shàngbì	手瓜
腱子 jiànzi	脤
啞鈴 yǎlíng	啞鈴
器械 qìxiè	器械
上（下）肢 shàng（xià）zhī	上（下）肢
擴胸 kuòxiōng	擴胸
彈簧拉力器 tánhuáng lālìqì	彈簧拉力器
步行機 bùxíngjī	步行機

3. 知識要點

粵語動詞後面"開"的普通話譯法

　　粵語"開"有一種較特別的用法，附在動詞後面，表示動作曾進行過，還有繼續進行下去的趨勢，（但說話時動作不一定正在進行，有時只是以後還會繼續做）這種用法普通話沒有完全對應的詞語來表達，說普通話時可以根據不同的情況改用"再"、"一直"、"一向"等詞語表示，如"你幾時去開健身房"，普通話可說"你什麼時候再去健身房"。有時"開"表示動作正在進行中，普通話可以說"正在"或"着"，如"食開飯就唔好睇書"，普通話

可説"吃着飯就別看書"。

4．練習

把下面的粤語説成普通話。

①我做開呢行都幾十年嘞，唔想再轉行咯。

②睇開呢出電視劇就睇埋落去啦，唔好轉第個頻道喇。

5．參考答案

Wǒ yī zhí gàn zhè yī háng dōu jǐ shí nián le bù xiǎng
① 我 一直 幹 這 一 行 都 幾 十 年 了，不 想

zài zhuǎnháng le
再 轉行 啦。

Zhè bù diànshì jù kàn kāi le tóu jiù kàn xiàqù suàn le
② 這 部 電視劇 看 開 了 頭 就 看 下去 算 了，

bùyào zhuǎn bié de píndào le
不要 轉 別 的 頻道 了。

128

附　錄

　　普通話與粵語的差異主要表現在語音上，其次是詞彙，差別比較少的是語法。這裏我們把普通話與粵語作一些扼要的比較，方便讀者鞏固在情景對話課文中學到的普通話的知識，並使知識系統化。

一、普通話與粵語的語音比較

　　普通話跟粵語語音的比較，可以從聲、韻、調三方面進行分析。學習普通話，要把普通話有，粵語沒有的音學會，把普通話與粵語近似的音分辨清楚，不要把粵音誤作普通話的音。兩種話相同的音雖然不是學習的難點，但也要知道。

(1) 普通話與粵語聲母的比較
①普通話有而粵語沒有的聲母

　　普通話有舌尖前音 z、c、s；舌尖後音 zh、ch、sh、r；舌面音 j、q、x。這三組音粵語都沒有。它們的發音在本書第一冊"普通話語音概説"中已有論述，這裏就不重複了。

②粵語有而普通話沒有的聲母

　　粵語聲母〔ŋ〕，在普通話中只作韻尾，不作聲母，漢語拼音方案寫做"ng"。"〔ŋ〕"作聲母跟作韻尾發音略有不同，作聲母有除阻階段，作韻尾沒有除阻階段。

　　粵語聲母"〔kw〕"是普通話聲母"g"的圓唇音。

　　粵語聲母"〔kʻw〕"是普通話聲母"k"的圓唇音。普通話沒有這兩個圓唇音聲母。

　　〔j〕和〔w〕是粵語的兩個半元音聲母，〔j〕的發音跟普通話的韻母 i 相似，但呼出氣流時略帶點摩擦；〔w〕的發音跟普通話的韻母〔u〕相似，但呼出氣流時略帶摩擦。

③普通話與粵語近似的聲母

普通話與粵語聲母比較表

	普通話		粵語		比　　較
	聲母	例字	聲母	例字	
雙唇音	b	玻	〔p〕	波	
	p	坡	〔p'〕	婆	
	m	摸	〔m〕	摸	
唇齒音	f	佛	〔f〕	科	
舌尖音	d	得	〔t〕	多	相同
	t	特	〔t'〕	拖	
	n	訥	〔n〕	挪	
	l	勒	〔l〕	羅	
舌根音	g	哥	〔k〕	哥	
	k	科	〔k'〕	卡	
			〔ŋ〕	我	普通話沒有
	h	喝	〔h〕	何	近　似
舌根圓唇音			〔kw〕	姑	普通話沒有
			〔k'w〕	箍	
舌尖前音	z	資			粵語沒有
	c	雌			
	s	思			
舌尖後音	zh	知			粵語沒有
	ch	嗤			
	sh	詩			
	r	日			
舌面音	j	基	〔tʃ〕	知	近似
	q	欺	〔tʃ'〕	雌	
	x	希	〔ʃ〕	思	
半元音			〔j〕	也	普通話沒有
			〔w〕	華	

　　粵語有一組跟普通話舌面音近似的舌葉音〔tʃ〕、〔t'ʃ〕、〔ʃ〕。舌葉是舌尖與前舌面之間的部位，發舌葉音的時候，舌葉抵住或接近上齒齦形成阻礙，〔tʃ〕是舌葉、不送氣、清、塞擦音；〔t'ʃ〕是舌葉、送氣、清、塞擦音；〔ʃ〕是舌葉、清擦音。舌葉音發音部位，比普通

話的舌面音要前一些，講粵語的人學習普通話的舌面音，經常是發音部位不夠後，這是受方言發音習慣影響，我們必須注意克服。

普通話的舌根音“h”，跟粵語的侯門音〔h〕相似，但侯門音〔h〕，發音部位比普通話的舌根音“h”要後一些，學習普通話的時候這兩個音不要混淆。

這些近似音我們是從比較的角度說的，從分類看，粵語的舌葉音和侯門音都是普通話沒有的音。

普通話與粵語相同的聲母有 b、p、m、f、d、t、n、l、g、k 等十個。其中普通話對聲母 n、l 的發音是要求嚴格區分的，而粵語却比較隨意，學習普通話的時候不能 n、l 不分。

(2) 普通話與粵語韻母的比較

普通話與粵語韻母比較表

	普通話		粵　語		比較
	韻母	例字	韻母	例字	
單韻母	a	啊	〔a〕	鴉	相　同
	o	喔	〔ɔ〕	柯	近　似
	e	鵝			粵語沒有
	ê	欸	〔ɛ〕	(些)	相　同
			〔œ〕	(靴)	普通話沒有
	i	衣	〔i〕	衣	相　同
	u	烏	〔u〕	烏	
	ü	迂	〔y〕	迂	
	-i	(詩)(思)			粵語沒有
	er	兒			

	普通話		粵　語		比較
	韻母	例字	韻母	例字	
複韻母	ai ao	哀 熬	〔ɑi〕 〔ɑu〕	挨 拗	相　同
			〔ɐi〕 〔æy〕 〔ɔi〕 〔ɐu〕	翳 （居） 愛 歐	普通話沒有
	ou	歐	〔ou〕	澳	近似
	ei	欸	〔ei〕	（卑）	相同
	iou uei	優 威	〔iu〕 〔ui〕	妖 煨	近似
	ia ie ua uo üe iao uai	雅 耶 蛙 窩 約 腰 歪			粵語沒有

	普通話		粵　語		比較
	韻母	例字	韻母	例字	
鼻韻母	an	安	〔an〕	晏	相同
	ang	骯	〔aŋ〕	罌	
	in	因	〔in〕	煙	
	ün	暈	〔yn〕	冤	
	ong	(轟)	〔uŋ〕	甕	
	ing	英	〔iŋ〕	英	近似
	uen	溫	〔un〕	碗	
	en	恩	〔ɐn〕	奀	近似
	eng	(亨)	〔ɐŋ〕	鶯	
	ian	煙			粵語沒有
	iang	央			
	iong	雍			
	uan	彎			
	uang	汪			
	ueng	翁			
	üan	冤			
			〔am〕	(監)	普通話沒有
			〔ɐm〕	庵	
			〔im〕	淹	
			〔œn〕	(春)	
			〔ɔn〕	安	
			〔œŋ〕	(香)	
			〔ɛŋ〕	(鏡)	
			〔ɔŋ〕	(康)	
			〔m̩〕	唔	
			〔ŋ̩〕	五	

	普通話		粵　語		比較
	韻母	例字	韻母	例字	
入聲韻母			〔ɑp〕	鴨	普通話沒有
			〔ɑt〕	壓	
			〔ɑk〕	軛	
			〔ɐp〕	（急）	
			〔ɐt〕	（不）	
			〔ɐk〕	厄	
			〔ɛk〕	（尺）	
			〔œt〕	（出）	
			〔œk〕	（脚）	
			〔ɔt〕	（渴）	
			〔ɔk〕	惡	
			〔ip〕	葉	
			〔it〕	熱	
			〔ik〕	益	
			〔ut〕	活	
			〔uk〕	屋	
			〔yt〕	月	

①普通話有而粵語没有的韻母

　　普通話有四個單韻母是粵語沒有的，"e"是舌面、後、半高、不圓唇元音韻母，講粵語的人發這個音的時候往往舌位不够後。

　　"er"是捲舌元音韻母，發音時嘴巴自然張開，舌頭在嘴巴的央、中位置，一發出聲音舌頭馬上往上一翹，發音過程就完成了。讀好韻母"er"是穗港人學講普通話的難點之一。

　　-i（〔ɿ〕〔ʃ〕）是舌尖元音韻母，在普通話中不單獨發音，它只跟z、c、s和zh、ch、sh、r這兩組聲母相拼。學習普通話時，可不必獨立練習這個韻母的發音。

普通話有介音（韻頭）而粵語沒有，所以普通話以 i、u、ü 作韻頭的韻母，粵語基本上沒有。以下韻母是粵語沒有的：

普通話以 i 作韻頭的韻母：ia ie iao iou ian iang ing iong

普通話以 u 作韻頭的韻母有：ua uo uai uei uan uen uang ueng

普通話以 ü 作韻頭的韻母有：üe üan

講粵語的人拼讀普通話時，不要漏讀韻頭。

②粵語有而普通話沒有的韻母

普通話有 39 個韻母而粵語有 53 個韻母，粵語的韻母比普通話多。粵語有 17 個入聲韻母（詳見上表）都是普通話沒有的，這些韻母的共同特點是發音短促，帶有〔p〕、〔t〕、〔k〕塞音韻尾，充當韻尾的塞音都是沒有除阻階段的。

元音 a 在粵語中充當韻母有長短音之分，長元音 a，發音與普通話 a 相同，短元音〔ɐ〕舌位比長元音 a 略高，〔ɐ〕是舌面、央、半低、不圓唇元音，粵語由〔ɐ〕充當韻腹構成的韻母普通話都沒有，如：〔ɐi〕〔ɐu〕〔ɐn〕〔ɐŋ〕

粵語中普通話沒有的韻母還有，由 m 充當韻尾的韻母：〔am〕〔ɐm〕〔im〕

由〔ɛ〕充當韻腹的韻母：〔ɛŋ〕

由〔œ〕充當韻腹的韻母：〔œy〕〔œn〕〔œŋ〕

由〔ɔ〕充當韻腹的韻母：〔ɔi〕〔ɔn〕〔ɔŋ〕

通過比較，我們可以看到，普通話與粵語韻母差別是較大的。

③普通話與粵語相似的韻母

普通話要說得地道，就要注意語音的細微差別。粵語與普通話發音近似的韻母有如下這些：

粵語的〔ɔ〕與普通話的 o 相似，但發粵語的〔ɔ〕口腔比普通話的 o 開些，換句話說就是開口度大一些。普通話的 o 是舌面後、半高、圓唇元音，粵語的〔ɔ〕是舌面、後、半低、圓唇元音。

普通話的 ou 與粵語的〔ou〕近似，不同的是普通話的 ou，主要元音 o 唇形不圓，從 o 到 u，唇形逐漸變圓；粵語〔ou〕的主要元音 o 是圓唇的。

普通話的 iou 與粵語的〔iu〕近似，不同的是，當普通話的 iou 自成音節的時候，有韻腹 o，i、u 分別充當韻頭和韻尾。而粵語的〔iu〕是 i－u 的過渡，中間沒有 o。當普通話韻母 iou，與聲母拼合時，韻腹 o 會弱化，變讀爲 iu，這時普通話的 iu 就與粵語的〔iu〕讀音相同。

普通話的 uei 與粵語的〔ui〕近似，不同的是當普通話的 uei 自成音節時，是 i 和 ei 的拼合，中間有韻腹 e〔e〕是舌面前、半高、不圓唇元音，粵語的〔ui〕是 u 與 i 的拼合，中間沒有〔e〕。當普通話的 uei 與聲母相拼時，會變讀爲 ui，這時普通話的〔ui〕就跟粵語的韻母〔ui〕讀音相同。

普通話的 uen 與粵語的〔un〕，近似，不同的是普通話的 uen 自成音節時是 u 與 en 的拼合，韻頭和韻尾之間有韻腹 "e"（e 是舌面、央、中、不圓唇元音），粵語的韻母 un 是 u 與 n 的拼合，韻腹是 u。當普通話韻母 uen 與聲母拼合的時候，會變讀爲 un，這時普通話的〔un〕跟粵語韻母〔un〕讀音相同。

普通話韻母 en 與粵語韻母〔ɐn〕相似，但 en 的開口度比〔ɐn〕小。

普通話韻母 eng 與粵語韻母〔ɐŋ〕相似，但 eng 的開口度比〔ɐŋ〕小。

普通話韻母 ing 與粵語韻母〔iŋ〕相似，但 ing 的開口度比〔iŋ〕小。

以上列舉讀音相近的韻母是從比較角度説的，如果嚴格分類，這些韻母都可以歸到普通話有，粵語沒有，或粵語有，普通話沒有的類別當中去。

(3) 普通話與粵語聲調的比較

普通話與粵語聲調比較表

普通話				粵　語			比　　較
	調類	調值	例字	調類	調值	例字	
平聲	陰平	55	詩	陰平	55 53	詩	調類調值基本相同
	陽平	35	時	陽平	21 11	時	調類相同，調值不同
上聲	上聲	214	使	陰上	35	使	普通話上聲不分陰陽兩調類
				陽上	13	市	
去聲	去聲	51	試	陰去	33	試	普通話去聲不分陰陽兩調類
				陽去	22	事	
入聲				陰入	5	識	普通話沒有入聲
				中入	3	錫	
				陽入	2	食	

註：①聲韻、調比較表的粵語語音系統，基本上是採用詹伯慧著《現代漢語方言》一書所列的廣州音系。

②韻母比較表中加（　）號的例字號取其韻母。

③各表所列的"近似"音，是從比較角度說的，如果嚴格分類，這些音也應歸到普通話有，粵語沒有，或粵語有，普通話沒有兩類中。

普通話的平聲分爲陰平和陽平，加上聲、去聲，普通話共有四個調類。粵語平、上、去三個聲調都分爲陰、陽兩個調類，即平聲分爲陰平、陽平，上聲分爲陰上、陽上，去聲分爲陰去、陽去。粵語還有入聲調，入聲分爲陰入、中入、陽入三個調類，這樣粵語平、上、去、入加起來，共九個調類。

普通話與粵語的聲調，大多數調類名稱相同而調值不同，詳細可參看《普通話與粵語聲調比較表》。

普通話跟粵語聲調的主要對應關係，大致如下：

①普通話的陰平調與粵語的陰平調唸法基本相同，調值都是 55(粵語有時唸 53)，粵語讀陰平的字，在普通話中絕大多數也唸陰平。粵語唸陽平的字，在普通話中絕大多數也唸陽平，但普通話的陽平調，調

值是 35 而粵語的陽平調調值是 11,它們音高是不同的。

②粵語唸陰上的字,在普通話中絕大多數唸上聲,調值是 214,粵語唸陽上的字,如果聲母是〔m〕、〔n〕、〔l〕、〔ŋ〕、〔j〕、〔w〕的在普通話中絕大多數也唸上聲,其餘的多數唸去聲。

③粵語唸陰去、陽去的字,在普通話中絕大多數唸去聲,調值是 51。

④普通話沒有入聲調,粵語的入聲較難找出跟普通話的對應規律,大致可以這樣說,粵語的陰入、中入字,在普通話的陰、陽、上、去四聲中都有,粵語的陽入字在普通話中大多數讀去聲和陽平。粵語入聲字在普通話裏唸上聲的最少。

二、普通話與粵語的詞彙比較

普通話詞彙是在北方方言的基礎上發展起來的，內容極其豐富，目前較爲通用的中型詞典《現代漢語詞典》，所收的條目就有五、六萬條。

普通話的詞彙系統，大體上由三個部分組成：

①基本詞彙

這些詞都是一些全民常用的歷史悠久的詞，如：天、地、手、脚、車、船等，基本詞的構詞能力很强，人們可以用它來構成許多新的詞，如：天空、土地、人手、脚步、汽車、輪船等等。大部分的基本詞，普通話與粵語區別較少。

②一般詞彙

一般詞彙是指基本詞彙以外的詞，如：

新詞　　　航天、反饋、小人蛇、軟着陸、個體户

外來詞　　咖啡、撲克、沙發、啤酒、芭蕾舞

行業語　　教材、電壓、利息、胚胎、函數

方言詞　　尷尬、名堂、打的、青稞、搶手、打工

古語詞　　王妃、太監、瞻仰、底蘊、若干、如此

　　……

粵語常用詞中，有三分之一是特有的方言詞，如：論盡、巴閉、散紙、琴日、搞掂等，這些方言詞只有少部分被普通話詞彙吸收，成爲普通話詞彙中的方言詞，如：單車、回傭、蕃薯、火酒、巴士、打的等。而大部分粵語特有的方言詞是不能作爲普通話的詞直接用到普通話中去的。

③熟語

熟語是普通話詞彙系統中的一個特別的成分，它們是一些結構固定的短語或句子，在語言中經常是像詞一樣作爲一個整體來用的。普

通話的熟語包括有：

成語	畫蛇添足	一衣帶水	功虧一簣	異曲同工
慣用語	碰釘子	走後門	穿小鞋	挖墙角

歇後語　　竹籃打水——一場空

　　　　　　小葱拌豆腐——一青（清）二白

　　　　　　兔子尾巴——長不了

　　　　　　孔夫子搬家——盡是書（輸）

諺語　　　一理通，百理明

　　　　　　有理走遍天下，無理寸步難行

　　　　　　補漏趁天晴

……

　　成語多數是歷史上相沿習用的短語，書面語色彩較濃，所以普通話與粵語差異較少；慣用語、諺語和歇後語多數是帶有地方特色和口語色彩的，而粵語跟普通話詞彙上的差別主要是表現在口語上的，所以普通話的慣用語、諺語和歇後語與粵語往往差別比較大。我們試把一些意思差不多的熟語比較一下：

普通話　瞎子吃湯丸——心中有數

粵語　　鷄食放光蟲（螢火蟲）——心知肚明

普通話　帽子破了邊——頂好

粵語　　濕水棉花——冇得彈

普通話　親兄弟，明算賬

粵語　　人情還人情，數目要分明

普通話　啞巴吃黃蓮

粵話　　食死猫

　　其實大多數的熟語普通話和粵語都是各有各的說法，對應的較少。

　　如果從構詞的方式和詞義這兩方面來看，普通話與粵語的差別，大體上還有下面這些：

　　普通話以雙音節詞為主，粵語有大量的單音節詞，如（括號內是

140

粵語詞）：祝賀（賀）、看見（見）、知道（知）、明白（明）。

由兩個詞根構成的複合式合成詞中，普通話與粵語也有不同，詞義對應的詞，構成語素完全不同的，例如：有空（得閒）、馬上（即刻）、精緻（骨子）、明天（聽日）；一個語素不同的，例如：游泳（游水）、沏茶（沖茶）、開水（滾水）、舅母（妗母）；語序顛倒的，例如：客人（人客）、喜歡（歡喜）、擁擠（擠擁）、已經（經已）。

由詞根和詞綴構成的附加式合成詞中，普通話與粵語常用的詞綴也有不同，普通話名詞常用的詞綴是"老"（老鄉、老鷹）"阿"（阿姨、阿爸）"子"（刀子、桌子）"兒"（花兒、魚兒）"頭"（念頭、石頭）"性"（硬性、彈性）"化"（軟化、綠化）"者"（讀者、記者），其中後綴"子""兒"都是粵語較少用的。粵語也有些詞綴是普通話少用的如："仔"（凳仔、貓仔、刀仔）"記"（老友記、叔記）"佬"（豬肉佬、肥佬）等。

吸收外來詞普通話與粵語的習慣也有不同，有時是音譯用的字不同如：沙發（梳化）、馬達（摩打）、悉尼（雪梨）、好萊塢（荷里活）；有時是採用音譯還是意譯，習慣不同，如激光（鐳射）動畫片（卡通片）、三點式（比堅尼）、晚會（派對）等。

詞義方面普通話與粵語有一些多義詞，詞義往往不是對應的，有時是普通話詞義寬，粵語詞義窄，如：普通話的"快"有兩個義項，1、迅速（跑得快）2、鋒利（快刀）粵語的"快"只有一個義項，"快脆"，沒有"鋒利"的意思。有時是粵語的詞義寬普通話的詞義窄，如粵語的"週圍"有"四週""附近""到處"三個義項，而普通話的"週圍"一般只表示"四週"，而沒有"附近"和"到處"的意思。還有一種情況是多義詞，詞義交叉的情況，如普通話的"丟"有兩個義項：1、拋棄，相當於粵語的"掉"；2、遺失，相當於粵語的"跌"，而粵語的"跌"還有"落下""摔倒"的意思。普通話的"跌"只有"摔倒"沒有"遺失"和"落下"的意思。所以說普通話與粵語詞義對應的情況是比較複雜的，學習普通話的時候，必須注意分辨。當然普通話、粵語大多數的詞，詞義是對應的，這些詞是詞彙的主要部分。

普通話和粵語在詞義上還有一種特殊情況要説明一下，就是有些詞普通話粵語寫法相同意思却完全不同，如普通話的“恨”是憎恨的意思，而粵語的“恨”是渴望，很想要的意思，如“恨嫁”“恨買靚衫”，“憎恨”的意思粵語一般説“憎”不説“恨”。又如“奶奶”普通話是祖母的意思，而粵語是媳婦稱婆婆爲奶奶。這種情況，學普通話的時候尤其要注意。